Le secret de Copenhague

JOSS WOOD

Le secret de Copenhague

Traduction française de
CHRISTINE MOTTI

AZUR

HARLEQUIN

Collection : Azur

Titre original :
HIRED FOR THE BILLIONAIRE'S SECRET SON

HARPERCOLLINS FRANCE
83-85, boulevard Vincent-Auriol, 75646 PARIS CEDEX 13
Service Clients — www.harlequin.fr
ISBN 978-2-2805-0781-3 — ISSN 0993-4448

Édité par HarperCollins France.
Composition et mise en pages Nord Compo.
Imprimé en août 2024 par CPI Black Print (Barcelone)
en utilisant 100% d'électricité renouvelable.
Dépôt légal : septembre 2024.

FSC www.fsc.org
MIXTE
Papier issu de sources responsables
FSC® C159065

Pour limiter l'empreinte environnementale de ses livres, HarperCollins France s'engage à n'utiliser que du papier fabriqué à partir de bois provenant de forêts gérées durablement et de manière responsable.

1

Désolé, mais étant actuellement en vacances je ne consulte pas régulièrement mes mails.

La mine renfrognée, Bo Sorenson fixa l'écran de son ordinateur. À croire que le Danemark tout entier était parti en vacances et qu'il était le seul à travailler dans ce pays !

Il se tourna vers les parois vitrées de son bureau et haussa les sourcils face à tous les sièges vides. Aucun de ses collaborateurs n'avait de bureau attitré, chacun choisissant son poste de travail en fonction de son humeur et de la tâche qu'il devait accomplir. En temps normal, ses employés entraient et sortaient de celui qu'il occupait, lui, en qualité de P-DG. Ils y venaient pour lui poser des questions, chercher des conseils techniques, lui faire part d'une idée ou encore tout simplement pour lui demander son avis.

Cette pièce, située au troisième étage d'un immeuble dont il était propriétaire dans la partie nord du port de Copenhague, comptait parmi ses lieux préférés. Le personnel employé par Sorenson Yachts, entreprise spécialisée dans la conception et construction de navires, occupait cet étage du bâtiment moderne. Les bateaux, eux, se construisaient sur le chantier naval de Skagen. Les lignes du bâtiment, dont les grandes baies vitrées laissaient entrer la lumière, étaient d'ailleurs inspirées d'un bateau de croisière.

Bien que ce local ressemble à un désert en été, Bo n'ignorait pas l'aspect positif de la situation : c'était pour lui le moment idéal pour travailler et se concentrer sur la conception de projets. De nombreux clients fortunés et de célèbres entreprises s'adressaient à lui pour la conception d'un bateau. Il s'agissait parfois d'un yacht extraordinaire destiné à un oligarque, ou de bateaux de course, ou encore de voiliers en bois, simples en apparence, mais en réalité très luxueux. Quel que soit le type d'embarcation, chacune de ces créations dévoilait son amour pour les lignes épurées, modernes, dénuées de prétention, mais reflétant toutefois un travail recherché et minutieux. Et le propriétaire pourrait se vanter en affirmant qu'il s'agissait là d'une œuvre unique, créée pour lui par Bo Sorenson.

Au cours de ces quinze dernières années, Bo n'avait pas ménagé ses efforts pour se distinguer de son père et de son grand-père, tous deux célèbres concepteurs de bateaux. Et cet engagement avait fini par porter ses fruits : il avait enfin senti qu'on ne le considérait plus comme celui qui se bornait à suivre les traces de ses prédécesseurs. Ce n'était pourtant pas facile de se différencier d'un père considéré comme un génie disparu bien trop jeune et qui, disait-on, n'avait pas eu la possibilité d'atteindre tout son potentiel.

Bo se tourna sur la chaise ergonomique qu'il occupait et regarda la photo encadrée de Malte, son père. Celui-ci se tenait debout sur le *Miss Béa*, premier yacht de course qu'il avait conçu. Le vent soufflait dans ses épais cheveux blonds. Comme tout le monde se plaisait à le lui répéter, Bo était quasiment le sosie de son père. Les gens évitaient toutefois depuis quelque temps d'utiliser l'expression « se ressembler comme deux gouttes d'eau ». Bo était conscient d'être grand et bien bâti comme son géniteur, d'avoir aussi hérité de lui cette chevelure blonde ainsi que ces yeux verts et ces traits rudes. Mais là s'arrêtait la ressemblance.

À l'inverse de son père, Bo était un bourreau de travail et ne passait pas l'année à se promener dans tous les lieux de navigation glamour – de Monaco à la Costa Smeralda et autres –, tout en cherchant à se racheter en produisant de façon occasionnelle des modèles avant-gardistes.

Les brevets de ces créations lui avaient permis d'être considéré comme l'enfant terrible de la navigation de plaisance et avaient contribué à accroître davantage encore la bonne réputation de l'entreprise. Aux yeux de Bo, son père avait néanmoins gâché son talent en laissant libre cours à son goût pour la frivolité. Qui plus est, si Malte avait passé plus de temps auprès de sa famille au lieu d'aller de fête en fête, Bo aurait gardé de son père des souvenirs autres que ceux d'un homme rentrant chez lui pour lui ébouriffer les cheveux, lui tendre un cadeau, et repartir le plus vite possible.

Au fil du temps, ces visites s'étaient espacées jusqu'à se limiter à une ou deux par an, pas plus. Et Bo avait vu sa mère changer. Gagnée par l'amertume, elle était devenue plus froide, plus distante. Quand il avait atteint l'adolescence, Bridget s'était transformée en une sorte de robot fragile qui jouait davantage auprès de lui le rôle de conseillère bancaire et de supérieure hiérarchique que celui de mère. Celle-ci, qui ne tenait surtout pas à ce qu'il emprunte la voie de son père, avait tout mis en œuvre pour éviter que cela se produise. Si elle l'avait pu, elle l'aurait tenu à l'écart de son grand-père paternel, mais ni Bo ni Asger ne lui auraient permis de s'interposer entre eux. Il avait adoré ce grand-père stoïque et silencieux, le seul être semblant apprécier réellement sa compagnie.

Bridget avait été très déçue lorsqu'il avait obtenu un diplôme d'ingénieur, s'était spécialisé dans la conception de yachts et avait rejoint l'entreprise familiale – à l'époque sous la direction de son grand-père qui en était à la fois le propriétaire et le P-DG.

Dès les premiers mois où il avait rallié l'entreprise appartenant depuis soixante-quinze ans à sa famille, Bo avait perçu certaines défaillances chez son grand-père. Son emprise sur cette affaire ainsi que sur la réalité semblait lui échapper. Bo, qui assumait de plus en plus de responsabilités jusque-là gérées par Asger, avait par exemple découvert que la contribution de son père à l'entreprise ne justifiait en aucun cas son énorme salaire.

À l'âge de vingt-quatre ans, il avait pris conscience que Sorenson Yachts était en train de s'enliser et que s'il n'agissait pas, cette société créée par son grand-père, un homme qu'il respectait mais qui commençait à perdre ses facultés mentales, ne tarderait pas à déposer le bilan. Il avait donc considéré de son devoir de redresser la situation.

Si la mère de Bo avait la capacité émotionnelle d'une marionnette, elle était en revanche une femme d'affaires accomplie qui avait fait fortune dans le domaine de l'import-export. Avec elle, Bo avait recherché des investisseurs et avait conclu juste à temps un accord lui conférant le contrôle de gestion de Sorenson Yachts – Asger lui ayant donné procuration. Cet accord lui avait également permis d'injecter une importante somme d'argent dans les caisses de l'entreprise alors sur le déclin.

À la suite de ces opérations, il s'était retrouvé à la tête de Sorenson Yachts. En d'autres termes, il était devenu le supérieur de son père, lequel n'avait pas apprécié que le conseil d'administration nomme Bo successeur direct d'Asger. Il avait moins apprécié encore que son salaire exorbitant soit considérablement amoindri et que les cartes de crédit de la société lui soient retirées. Pour finir, il s'était montré furieux lorsque Bo avait exigé de lui une présence permanente au bureau et lui avait imposé des délais pour les projets qu'il devait réaliser.

Malte avait tenu six mois dans ces conditions de travail et, le jour où il avait démissionné, Bo s'était senti infiniment soulagé : il était désormais aux commandes de l'entreprise et en détenait tout le contrôle.

Mais comme elle savait si bien le faire, la vie n'avait pas tardé à effacer ce sentiment de satisfaction. Un grave accident vasculaire cérébral avait ôté la vie à son grand-père et, à peine quelques semaines plus tard, son père heurtait de plein fouet une barrière en béton avec sa McLaren récemment achetée, ce qui entraînait sa mort immédiate.

Bo étant leur héritier à tous deux s'était retrouvé seul et unique propriétaire de Sorenson Yachts. En très peu de temps, l'essentiel de sa famille avait disparu : un homme qu'il avait adoré, et l'autre pas. Il avait alors compris pourquoi sa mère s'était évertuée à toujours garder une certaine distance émotionnelle. Les sentiments pouvaient avoir des effets dévastateurs. Ils vous plongeaient dans le chagrin et la douleur quand vous perdiez un être aimé, et provoquaient en vous un mélange de colère, de regret et de frustration, quand une personne que vous n'aviez pas aimée quittait ce monde.

Mieux valait vivre seul et s'en tenir à des relations sans lendemain. Il avait de bons amis dont il appréciait la compagnie, mais en savait plus à leur sujet qu'ils n'en savaient au sien. Quant aux femmes, il faisait en sorte de ne vivre avec elle que des histoires brèves, dénuées de toute forme d'engagement.

Il déjeunait avec sa mère une fois par mois, et ils passaient ensemble quatre-vingt-dix minutes à discuter des affaires que chacun d'entre eux gérait. Elle considérait sa propre activité professionnelle comme son enfant préféré qui lui apportait tout ce dont elle avait besoin. Bridget n'avait jamais réussi à concilier son rôle de femme d'affaires et de mère, ce dont avait souffert Bo. Pour éviter de reproduire ce schéma, il avait décidé de ne jamais vivre en couple, de ne jamais fonder une famille.

Bon nombre de gens arrivaient sans doute à trouver un équilibre entre vie professionnelle et vie privée, mais il préférait pour sa part ne pas courir le risque de souffrir ou de faire souffrir. Avoir une compagne et un enfant l'obligerait à envisager différemment son activité professionnelle, ce qui ne l'intéressait pas. Et dans la mesure où ne l'attiraient que des femmes ambitieuses, passionnées par leur propre carrière, mieux valait se limiter à des relations sans lendemain.

Bo se leva et s'étira, agacé par cet accès d'introspection inhabituel. À quoi bon perdre son temps, alors qu'une somme de travail l'attendait ? Il allait passer l'été penché sur les créations à mettre en route et celles à terminer, mais il n'y avait là rien de nouveau.

Il devenait anxieux et irritable quand il se laissait absorber par la multitude de projets en cours. Conscient qu'il ne resterait pas éternellement sur cette terre, il souhaitait laisser un bel héritage derrière lui, et les héritages ne se bâtissaient pas en restant assis sur une plage à siroter des cocktails. Il fallait pour cela travailler, et travailler était ce qu'il faisait de mieux.

Une heure plus tard, Bo était penché sur sa planche à dessin, totalement concentré sur la conception d'un yacht de haute technologie destiné à participer à la Sidney Cup en 2026. Il s'agissait d'un nouveau concept censé révolutionner la voile de compétition. Concentré comme il l'était sur ce projet, il mit un certain temps à remarquer que quelqu'un frappait à la porte. Il leva enfin les yeux et vit sa jeune réceptionniste derrière le battant vitré. Derrière elle se tenait une femme d'âge moyen qui affichait un air sérieux.

Il traversa d'un pas rapide son grand bureau, se demandant pourquoi on venait le déranger alors qu'il avait laissé la consigne stricte de ne le faire sous aucun prétexte.

— Monsieur Sorenson, voici Mme Daniels, déclara aussitôt la réceptionniste. Elle doit absolument vous parler.

— Eh bien, qu'elle prenne rendez-vous ! À cet instant précis, je n'ai pas une minute à lui accorder.

Il était sur le point de refermer la porte d'un geste vif quand la dénommée Mme Daniels intervint. Apparemment peu impressionnée par ses propos, celle-ci darda sur lui son regard d'un bleu intense.

— Ce que j'ai à vous dire ne peut pas attendre, monsieur Sorenson. Vous devriez donc accepter de me recevoir... à moins que vous teniez à ce que je parle de vos affaires privées devant votre personnel.

Il n'avait à débattre d'aucune affaire privée. Sa dernière aventure d'un soir remontait à quelques semaines, et il vivait seul. Il n'avait ni frère ni sœur, quant à sa mère elle était aussi autonome et réservée que lui. Il vit la curiosité apparaître dans le regard d'Agnès, sa réceptionniste, et lui demanda de regagner son poste. Après quoi, d'un signe de tête, il invita la visiteuse impromptue à entrer dans la pièce. Dès qu'il eut refermé la porte, il vint s'asseoir à son bureau et, les sourcils froncés, fixa Mme Daniels.

Il était conscient d'avoir un visage intimidant. Selon certains, il pouvait même paraître effrayant, mais dans la mesure où il lui était impossible d'y changer quoi que ce soit, cela lui était égal. Et dans le cas présent, si cela lui permettait d'aller droit au but et d'en finir au plus vite, il ne pouvait que s'en réjouir ! Il aurait ainsi la possibilité de se remettre sans tarder à l'élaboration de son projet.

— Je travaille pour les services sociaux, monsieur Sorenson, déclara Mme Daniels en s'installant en face du bureau.

Elle posa à terre son sac fourre-tout et garda serré contre elle un grand dossier de couleur marron.

Soit, pensa Bo sans cesser de l'observer. Et pourquoi diable tenait-elle absolument à le rencontrer sans tarder ?

Après avoir ouvert le dossier, elle parcourut des yeux la documentation.

— Mlle Christianson... Daniella Christianson... La connaissez-vous ?

Dani ? Bien sûr qu'il la connaissait ! Il acquiesça et déclara :

— Nous avons eu une brève relation il y a environ un an et demi.

Qualifier de relation leur liaison de trois semaines était toutefois exagéré, vu qu'ils avaient dû dîner deux fois ensemble, mais ils avaient en revanche passé beaucoup de temps au lit.

— J'ai le regret de vous annoncer le décès de Mlle Christianson, survenu il y a quelques jours.

Choqué par la nouvelle, Bo cligna plusieurs fois les paupières et se frotta lentement le menton. Il avait rencontré Daniella à un cocktail. Elle était amusante, dynamique, une superbe brésilienne à la fois intelligente et très attirante. Plus jeune que lui de quelques années, elle avait pris un congé sabbatique de six mois qu'elle avait décidé de passer à Copenhague.

— Je ne le savais pas..., murmura-t-il. Je suis désolé de l'apprendre.

Et il ne mentait pas. Mais pourquoi une travailleuse sociale s'était-elle déplacée pour lui faire part de ce décès ?

— Que s'est-il passé ? insista-t-il, sidéré qu'une personne aussi bouillonnante de vie ait quitté ce monde.

— Elle a été victime d'un accident de voiture à Rio de Janeiro.

Mme Daniels marqua une pause et darda sur lui son regard d'azur.

— Saviez-vous que Mlle Christianson s'était récemment mariée et que son mari envisageait d'adopter son fils ?

Il la dévisagea, haussant une épaule.

— Du tout. Comment aurais-je pu le savoir alors que, comme je vous l'ai dit, je n'ai plus eu le moindre contact avec elle depuis plus d'un an ?

— Elle ne vous a donc pas dit que vous êtes le père de son enfant ?

Bo eut soudain l'impression que le sol se dérobait sous ses pieds. Que venait-il d'entendre ? Impossible. Il n'avait pas de fils !

Agrippé aux accoudoirs de son fauteuil, il chercha le regard de la femme qui se tenait en face de lui. Pour la première fois depuis son arrivée, son visage reflétait une certaine empathie.

— J'ai... un fils ? articula-t-il.

— À en juger par votre réaction, j'imagine que vous l'ignoriez ?

Il avala sa salive et hocha la tête.

— Je n'ai plus eu aucun contact avec Daniella depuis que je lui ai dit que... je souhaitais mettre fin à notre relation. Un mois plus tard, elle repartait au Brésil. Et... non, elle ne m'a jamais annoncé qu'elle était enceinte. Jamais !

Peut-être parce qu'il lui avait dit clairement – comme à toutes celles qu'il avait croisées dans sa vie – qu'il ne tenait pas à s'engager.

— D'après ce que j'ai appris par sa grand-mère, poursuivit Mme Daniels, son mari était son petit ami à l'université. Ils se sont retrouvés quand elle était enceinte. Et puis ils se sont mariés, et il voulait élever ce petit garçon comme s'il était le sien.

Ces mots furent suivis d'un silence.

— Mais... il est mort lui aussi ? hasarda Bo.

— En effet. Le bébé était également dans la voiture, lui seul s'en est sorti indemne.

Ébranlé, Bo se pencha en avant et posa les avant-bras sur le bureau, remarquant que ses mains tremblaient.

— La naissance de l'enfant a été enregistrée au Brésil, mais après ces décès le bébé a été envoyé au Danemark. Mlle Christianson avait déclaré que vous étiez son père, et c'est donc vous qui en êtes aujourd'hui responsable.

— Ah ?

— La famille de son mari n'a aucun droit légal sur l'enfant, puisque les démarches d'adoption n'avaient pas encore été entamées. Par ailleurs, aucun d'entre eux n'est en mesure de s'occuper d'un bébé de neuf mois... Pas plus que la grand-mère de Mlle Christianson qui est la seule famille qui lui restait. De ce fait, vous êtes désormais l'unique personne à pouvoir vous en charger.

Bo retint son souffle. Avait-il bien entendu ? Que se passait-il ? Comment était-ce possible que sa vie opère en l'espace de quelques minutes un changement à cent quatre-vingts degrés ? Et surtout... comment était-ce possible que Daniella soit tombée enceinte de lui ? Il s'était toujours montré extrêmement prudent en matière de protection, lors de ses rapports avec qui que ce soit.

— Qu'est-ce qui vous permet d'affirmer que cet enfant est le mien ? articula-t-il. J'ai toujours évité le moindre risque dans ce domaine.

— Même si Mlle Christianson ne vous en a jamais parlé, c'est vous qui occupez le statut de père sur l'acte de naissance. J'ajouterai que, bien que ce garçon soit très jeune, la ressemblance entre vous deux est assez frappante. Mais bien entendu, vous êtes parfaitement en droit de demander un test ADN. L'enfant devra rester dans sa famille d'accueil jusqu'à ce que cette affaire soit réglée.

Bo sentit sa gorge s'assécher.

— Il... est actuellement dans une famille d'accueil ?

L'univers des bébés lui était totalement inconnu, et plus encore celui des services sociaux, mais il avait regardé assez de films pour s'interroger sur le bien-être d'un enfant placé en famille d'accueil. Or il tenait à ce que ce petit garçon – son fils ? – grandisse dans les meilleures conditions possibles.

— Oui, lui répondit Mme Daniels. Depuis son arrivée à Copenhague, la semaine dernière, il loge chez une famille très gentille. La meilleure de toutes celles dont nous disposons, à vrai dire, mais cela ne représente pas une solution à long terme.

Elle marqua un temps d'arrêt avant d'ajouter :

— Alors que vivre avec vous le serait.

Bo se passa la main sur le visage en soupirant.

— Est-ce que... j'ai le choix ?

Il vit le regard bleu se durcir et devina sur-le-champ que celle qui venait de lui annoncer l'incroyable nouvelle était déçue par sa réaction.

— Si le fait d'avoir un enfant à élever vous perturbe à ce point, monsieur Sorenson, nous pouvons le placer en adoption.

Bo se leva et glissa les mains dans les poches de son pantalon gris, tout en serrant les poings.

— Vous dites qu'il me ressemble ? s'enquit-il, espérant qu'elle saisirait dans sa voix tout l'embarras que lui procurait son propre comportement.

Il présentait rarement des excuses, mais il ne tenait nullement à ce que Mme Daniels se forge une mauvaise opinion de lui.

— Et comment s'appelle-t-il ? enchaîna-t-il, conscient qu'il ne pouvait pas sans arrêt faire allusion à son fils par des « il » ou des « lui ».

— Matheo, qui s'écrit avec l'orthographe danoise. Comme je vous l'ai dit, il vous ressemble beaucoup : mêmes yeux, même nez, même menton. Mêmes cheveux blonds, aussi. Il est déjà grand pour son âge, donc j'imagine qu'il a aussi hérité de votre gabarit.

Bo se mordilla les lèvres, puis fronça le nez et lâcha un long soupir.

— Je... ne sais vraiment pas quoi vous dire. Ni que penser !

Pour la première fois depuis son arrivée, Mme Daniels sourit.

— Rien que de très normal : je viens de vous faire part d'une nouvelle qui va totalement changer le cours de votre vie, ce qui implique beaucoup de choses à assimiler. Mais nous devons avancer le plus vite possible, parce que Matheo a besoin de s'installer sans trop tarder dans un environnement stable.

Si Bo avait bien saisi le message, il n'en était pas moins secoué pour autant. Cette inconnue s'était déplacée pour lui annoncer qu'il avait un enfant, ce qui n'avait strictement jamais fait partie de ses projets jusqu'ici. Il était lui-même le fruit d'un mariage raté entre deux personnes qui n'auraient jamais dû fonder un foyer, et il s'était juré de ne jamais faire subir à un enfant le traumatisme d'être pris entre une mère froide et un père instable. Or le seul moyen de s'assurer que cela ne se produirait pas était de se cantonner au célibat.

Et voilà qu'on lui annonçait qu'il était père !

Il avait découvert à l'adolescence les plaisirs de la chair, et depuis avait pris soin de toujours se protéger afin d'éviter une naissance accidentelle. Il avait aussi jugé plus prudent de compter sur lui-même plutôt que sur sa partenaire. De ce fait, il ne comprenait toujours pas qu'un tel accident ait pu se produire.

— Vous voulez que je vous montre une photo de lui ? proposa alors Mme Daniels.

Il hocha la tête, incapable de parler à cause de la boule qui s'était logée dans sa gorge. Figé, il attendit qu'elle sorte de son sac un téléphone et y cherche la photo en question. Ces quelques instants lui semblèrent durer une éternité. Quand elle lui tendit enfin le portable, il retint son souffle et, pris de vertige, fixa ce visage qui ne lui était que trop familier. À quoi bon procéder à un test ADN ? Matheo était la réplique exacte de lui-même à cet âge-là. Il ne décelait sur ce petit visage aucun trait de ressemblance avec Dani. Cet enfant était un Sorenson, aucun doute là-dessus. Ses yeux étaient d'un vert aussi profond que les siens.

Glissant nerveusement une main dans ses cheveux, il hocha la tête avec lenteur.

— Si nous mélangeons des photos de lui et de moi bébé, je pense que j'aurai du mal à deviner qui est qui !

— Vous devriez peut-être boire un verre d'eau, suggéra-t-elle, remarquant qu'il avait pâli.

Il parvint à esquisser un sourire et secoua doucement la tête.

— Non, ça va… Et maintenant, quelle est la prochaine étape ?

Il devait se concentrer sur les détails techniques et matériels des démarches à accomplir. Plus tard il s'accorderait le droit de céder à la panique qu'il sentait monter en lui.

— Est-ce que vous souhaitez toujours faire un test ADN, monsieur Sorenson ?

— Non, ce n'est pas nécessaire. L'âge de l'enfant correspond aux dates de mon aventure avec Dani et, en effet, nous nous ressemblons comme deux gouttes d'eau. Je... Eh bien, je vais le garder.

Comme il prononçait ces mots, Bo réprima une grimace. Il s'était exprimé comme s'il manifestait le désir d'adopter un chien abandonné. Mais tout allait si vite qu'il avait du mal à suivre le cours des événements. Comment assumer en quelques minutes à peine le rôle de père ? Rôle dont il ignorait absolument tout, au même titre qu'il ignorait tout du monde des bébés.

Son propre père n'en avait pas vraiment été un. Et si on lui avait posé la question, Malte aurait sans doute répondu à son tour que Bo n'avait pas vraiment été un fils pour lui. Mais l'heure ne se prêtait pas à ce genre de réflexion. Se plonger dans l'histoire compliquée qu'il avait eue avec son père ne l'aiderait nullement à avancer. Il fallait à présent qu'il se concentre sur le « ici et maintenant », rien d'autre.

— Est-ce que vous savez vous occuper d'un bébé, monsieur Sorenson ?

Sa réponse fut immédiate :

— Non.

— Est-ce qu'il y a dans votre famille des personnes qui pourraient vous aider ?

L'espace d'un instant, Bo essaya d'imaginer sa mère en tailleur Chanel ou Balenciaga, parfaitement coiffée, les ongles peints, en train de changer la couche du petit Matheo. Et il ne put s'empêcher de froncer le nez. Il était peu probable que l'arrivée de cet enfant dans leur famille comble Bridget de bonheur.

— Non, répondit-il donc.

— Dans ce cas, je vous suggère d'avoir recours à une nourrice.

Il existe plusieurs agences qui ont une bonne réputation et qui vous proposeront des personnes compétentes.

C'était là une excellente suggestion, car il aurait en effet besoin de quelqu'un qui s'occupe de Matheo et qui lui apprenne à en prendre soin. Quelqu'un qui lui explique comment préparer un biberon, le donner. Comment changer un enfant en bas âge, lui faire prendre un bain. Ce n'était certainement pas très compliqué, mais si une personne expérimentée lui fournissait quelques ficelles, cela lui faciliterait considérablement la tâche.

— J'ai assez d'argent pour embaucher la meilleure nourrice au monde, déclara-t-il, se moquant bien de passer pour un crétin prétentieux. Dites-moi simplement où la trouver, s'il vous plaît.

— Sabine du Foy dirige une excellente agence à Paris. Les tarifs des prestations sont assez élevés, mais ils sont apparemment justifiés.

Sans hésiter, Bo se dirigea vers sa planche à dessin et y inscrivit le nom cité par Mme Daniels. Il venait de gâcher le plan sur lequel il travaillait avant l'arrivée de l'assistante sociale mais, à ce moment précis, c'était le cadet de ses soucis.

— Est-ce qu'on pourrait m'envoyer quelqu'un dans les plus brefs délais ? demanda-t-il.

Mme Daniels haussa les épaules.

— Appelez-la et posez-lui vous-même la question. Dès que vous aurez quelqu'un à votre disposition, je vous amènerai Matheo.

Très bien. Amenez Matheo. Afin qu'il vive ici. Pour toujours.

Soudain vidé de toutes ses forces, il se laissa de nouveau tomber dans le fauteuil.

2

À Berlin, Ollie Cooper plongeait la main dans le tiroir de la commode pour en sortir quelques pièces qu'elle lançait sur le lit. Habituée comme elle l'était à changer de lieu, cela n'aurait pas dû lui paraître très compliqué.

Elle allait partir plus tôt que prévu, au bout d'un mois seulement, alors qu'elle avait signé un contrat de trois mois. Contrat dans lequel elle s'engageait à s'occuper de deux garçons de dix et douze ans, fils d'un riche homme d'affaires et de son épouse, une ex-mannequin américaine. Sa présence n'était plus nécessaire. Ses services étaient très appréciés, lui avaient dit les parents, mais une occasion inattendue venait de se présenter à eux, aux États-Unis, tout près de leurs familles respectives, et de ce fait ils n'auraient plus besoin d'aide là-bas. Ils lui avaient dit et répété être désolés et lui avaient réglé les trois mois stipulés dans le contrat.

Désolée, Ollie l'était elle aussi. Elle disposait désormais de huit semaines de néant avant de retourner à Londres et ne savait qu'en faire. C'était sa dernière mission en qualité de nourrice, et elle se sentait à la fois triste et heureuse, anxieuse et soulagée.

Elle adorait les enfants et avait donc du mal à ne pas trop s'y attacher, à maintenir une certaine distance émotionnelle. Pour éviter de trop s'investir dans cette tâche, elle avait d'ailleurs fini par refuser les contrats à long terme. Elle préférait ne pas s'impliquer outre mesure dans la vie de ces petits êtres qui lui étaient confiés.

Elle en avait fait la triste expérience avec Becca et en avait beaucoup souffert. Voir s'éteindre cette merveilleuse fillette, si intelligente, si attachante, l'avait terriblement affectée. Après le décès de celle-ci, elle avait compris qu'il lui fallait mettre une barrière entre elle et les enfants placés sous sa protection, afin de se protéger elle-même. Elle avait donc décidé de n'accepter que des contrats limités dans le temps, ce qui lui permettait de ne pas trop s'attacher aux enfants qui lui étaient confiés.

Mais cette méthode présentait aussi des inconvénients : au moment où elle commençait à mieux connaître ces petits, à comprendre leur fonctionnement, il fallait qu'elle les quitte. C'était triste, et ces séparations ne se faisaient pas sans quelques larmes, mais du moins cela lui permettait-il de préserver son cœur.

En temps normal, les missions s'enchaînaient, et elle savait donc ce qui allait suivre. Un dossier sur la famille suivante l'attendait dans l'agence de Sabine, ce qui lui permettait de ne pas tarder à s'investir dans la prochaine tâche et de prendre ses repères. De ce fait, ignorer où aller à présent représentait pour elle une expérience étrange. Pour la première fois en cinq ans, elle avait un grand blanc dans son emploi du temps.

Tu savais bien que ce moment arriverait, Ollie. D'accord il est survenu deux mois plus tôt que prévu, mais ça ne devrait pas être un choc pour toi. Tu as disposé de tes cinq années de liberté, l'heure d'honorer l'accord conclu a sonné maintenant.

Mais pas avant le premier jour de septembre, ce qui lui laissait encore un peu de temps. Pourtant elle avait vraiment l'impression d'en manquer. De se trouver en quelque sorte face à la guillotine. C'était là une vision exagérée de la situation, elle en était consciente, mais rien ne lui semblait pire que de devoir retourner à Londres et passer ses journées assise derrière un bureau. Elle avait cependant passé un marché, et ses parents attachaient beaucoup d'importance au fait que leurs enfants tiennent parole.

Ollie promena son regard sur le superbe logement qu'elle avait occupé ces dernières semaines et soupira face au désordre qu'elle avait semé autour d'elle. Il y avait des vêtements sur le lit, des produits de maquillage éparpillés sur la commode, et de nombreux livres qu'elle allait devoir ranger dans un carton. La famille pour laquelle elle avait travaillé ces dernières semaines était partie la veille pour les États-Unis et elle disposait elle-même de quarante-huit heures pour quitter les lieux, après quoi l'agence immobilière remettrait les clés aux nouveaux occupants.

Il fallait qu'elle prenne sans tarder une décision. Allait-elle retourner à Londres, ou bien prendre de longues vacances qui auraient un impact non négligeable sur ses économies, ou encore accepter une mission de dernière minute – ce, en supposant qu'elle en trouve une ?

Après avoir embrassé la pièce du regard, elle soupira de nouveau. Elle en avait assez de préparer ses bagages. Sentant l'anxiété la gagner, elle prit son téléphone et se dirigea vers le balcon qui donnait sur le petit jardin de la maison, et au-delà de la haie qui entourait celle-ci, sur un joli parc. Elle y était souvent allée ces dernières semaines, soit pour jouer avec les garçons, soit pour un jogging matinal, avant qu'ils ne se réveillent et que le rythme de la journée ne devienne assez agité.

Après avoir composé le numéro de l'agence pour laquelle elle travaillait, elle déclina son identité et fut aussitôt mise en relation avec Sabine, la propriétaire et directrice de ladite agence. S'exprimant en français – elle parlait couramment quatre langues – Ollie exposa la situation à celle qui était non seulement sa supérieure, mais aussi son amie, ainsi que sa conseillère. Celle-ci lui avait d'ailleurs proposé à plusieurs reprises de devenir son associée, car Ollie était la seule personne avec laquelle elle puisse imaginer partager la gestion de cette agence qui lui était si précieuse.

C'était là une proposition qu'Ollie aurait acceptée avec grand plaisir, car elle n'avait aucun mal à s'imaginer dans ce rôle. Elle se voyait très bien en train d'étudier les désirs des familles afin de répondre au mieux à leurs attentes en leur proposant des nourrices fiables et compétentes. Mais elle devait avant toute chose tenir la promesse qu'elle avait faite à ses parents.

Avant qu'elle n'ait terminé ses explications, Sabine lui annonça qu'elle était au courant de la situation.

— La famille m'a déjà versé la somme correspondant au trimestre, et j'ai procédé au virement qui te correspond. Ils te paient trois mois entiers, alors que tu n'as travaillé pour eux que quatre semaines. Bien, et que comptes-tu faire, maintenant ?

— Je dois retourner à Londres fin août... et à vrai dire je ne sais pas trop comment employer mon temps d'ici là.

— Pourquoi ne pas en profiter pour prendre des vacances ? suggéra Sabine.

Ollie fronça le nez. Quelques jours de repos ne lui déplairaient pas, mais elle s'ennuierait si la période se prolongeait. Même si elle ne se considérait pas comme une acharnée du travail, elle jugeait important d'être productive. Son père et sa mère n'avaient pas ménagé leurs efforts pour faire de leur cabinet d'expertise comptable le colosse qu'il était aujourd'hui. Tout comme ses frères, elle avait hérité de leur vision moraliste du travail. Elle n'appréciait donc pas de s'installer dans l'oisiveté, bien que sa famille considère que, depuis son départ, elle ne travaillait pas vraiment.

Ses parents l'aimaient, elle n'en doutait pas, mais ils auraient souhaité qu'elle opte pour un métier plus conventionnel. Sa mère en particulier avait du mal à accepter que sa fille, intelligente et instruite, soit employée pour jouer avec des enfants, surveiller leurs devoirs, changer les couches des tout-petits et ainsi de suite. Aucun de ses proches n'avait conscience qu'elle était l'une des nourrices les mieux rémunérées et qu'elle ne travaillait que dans d'importantes familles englobant la haute bourgeoisie, les célébrités, et aussi les icônes du sport. Toutes celles qui pouvaient s'offrir ses services avaient recours à elle quand l'occasion se présentait.

— Et si je trouvais un contrat de deux mois ? avança-t-elle, se passant la main sur la nuque.

— En d'autres termes, tu préfères une mission à court terme plutôt que retourner à Londres, où les tiens ne tarderont pas à s'apercevoir que tu n'as aucune envie de travailler dans le cabinet familial ?

Sabine avait parfaitement résumé la situation en quelques mots.

Élève plutôt douée, Ollie avait passé avec succès le concours d'entrée dans une école spécialisée où elle avait appris toutes les ficelles de la comptabilité. Deux ans après avoir obtenu son diplôme, force lui avait été d'admettre qu'elle avait commis une erreur en s'engageant sur cette voie qui ne l'intéressait pas. Mais selon sa famille elle était allée trop loin pour en chercher une autre. Elle avait donc serré les dents, résolue à tenir bon. Par chance, elle n'avait pas trouvé le travail aussi pénible qu'elle le craignait, et ses proches s'étaient réjouis d'observer ce changement.

Mais cela n'avait pas duré bien longtemps. La colère n'avait pas tardé à surgir chez les siens quand elle leur avait annoncé qu'elle n'envisageait pas de faire partie de l'entreprise et désirait voyager. Après de nombreuses querelles, ils avaient fini par trouver un accord : Ollie disposerait de cinq ans pour voyager et faire ce qui lui plaisait, après quoi elle devrait revenir à Londres et travailler dans l'une des succursales de Cooper & Co. Et ce pendant cinq ans, afin de couvrir les frais assez élevés engagés pour sa formation. Si elle n'acceptait pas ce marché, ils en concluraient qu'elle avait gâché ses études – ce dont elle était elle-même consciente –, et auraient beaucoup de mal à lui pardonner.

Son diplôme, obtenu à la London School of Economics – l'une des universités les plus prestigieuses du Royaume-Uni – leur avait coûté une petite fortune. Ils considéraient donc qu'il était temps de mettre fin à ce jeu de nourrice et d'utiliser les connaissances acquises durant ses études.

Ses parents avaient toujours accordé une haute importance à l'éducation. De ce fait, ses frères et elle avaient été élevés dans la conviction qu'un diplôme universitaire n'était pas un droit, mais un privilège. Une partie d'elle-même se sentait coupable de ne pas avoir utilisé sa coûteuse formation au cours de ces dernières années. Et surtout, l'idée d'avoir gaspillé l'argent de ses parents lui était tout bonnement insupportable. Elle devait donc respecter les termes de cet accord, et se rendre à Londres comme convenu. Elle réussirait à tenir bon durant les cinq années à venir.

Malheureusement, elle craignait que l'attente de sa famille ne se limite pas à l'aspect professionnel. Dans un an, ses parents commenceraient sans doute à l'inciter à trouver l'âme sœur, à fonder une famille. Car bien sûr, ils attendaient d'elle qu'elle fasse carrière sans pour autant oublier sa vie privée.

Mais Ollie ne se sentait nullement intéressée par tous ces projets. Elle n'était pas expert-comptable ! Et en ce qui concernait la vie de couple, ses parents représentaient certes un exemple qui faisait rêver le commun des mortels, mais qui n'était plus trop d'actualité. Un lien très fort les unissait depuis le tout début. Un lien dont elle rêvait mais qui, de nos jours, n'existait quasiment plus. La vie moderne avait emporté sur son passage ce genre de relation solide et fiable. Elle en avait eu la preuve avec son ex-petit ami, un séducteur invétéré incapable de s'investir auprès d'une femme. Or elle aspirait à bien plus : à ce qu'avaient vécu ses parents, par exemple.

Quant aux enfants, compte tenu de son expérience douloureuse avec Becca, elle ne tenait pas à réitérer. Elle ne savait que trop ce que signifiait aimer un petit être et ensuite le perdre.

— Tu as raison, Sabine. Si possible, je vais éviter de rentrer trop tôt à Londres. En attendant de trouver un appartement, il faudrait que je m'installe chez mes parents, et sans doute aussi que je commence à travailler avant la date prévue, donc… non ! As-tu dans tes demandes des gamins d'une dizaine d'années sur lesquels il faudrait veiller cet été ?

— La plupart des parents un tant soit peu raisonnables ont déjà pris leurs dispositions pour la saison.

Ollie lâcha un soupir.

— J'imagine… Mais je ne m'attendais pas à ce que ma mission prenne fin plus tôt que prévu.

Elle entendit soudain le petit claquement des ongles de Sabine sur les touches du clavier.

— Une demande est arrivée hier après-midi. Un père célibataire a besoin d'une nounou pour son bébé de neuf mois. Il vit au Danemark. Je lui ai expliqué que trouver quelqu'un sur du long terme ne se ferait pas du jour au lendemain, mais il a l'air désespéré et à mon avis acceptera toute sorte de solutions. Je n'ai pas pensé à toi parce que tu étais censée rester à Berlin avant de rentrer chez toi. Et aussi parce que en général tu aimes bien travailler avec des gamins proches de l'adolescence.

Ollie n'avait évidemment pas une aversion pour les bébés, qu'elle trouvait très mignons, mais s'occuper d'enfants plus grands lui semblait plus drôle.

— Est-ce que tu peux m'en dire un peu plus au sujet de ce père célibataire ?

En général, elle préférait travailler pour un couple, ou pour une mère élevant seule son ou ses enfants. Le seul père célibataire auquel elle ait eu affaire jusqu'ici avait apparemment décidé que ses services ne se limitaient pas à sa progéniture. Elle avait signalé son comportement déplacé à Sabine qui avait aussitôt rayé celui-ci de la liste de ses clients. L'une comme l'autre jugeaient inacceptable ce genre de comportement.

— Il est concepteur et constructeur de yachts, poursuivit Sabine. Et il se retrouve du jour au lendemain responsable d'un fils âgé de neuf mois à peine. Il cherche donc quelqu'un qui lui montre comment s'occuper de ce bébé, vu qu'il n'a aucune expérience en la matière. Et il souhaiterait embaucher une personne à long terme.

D'habitude, les parents se préparaient à l'arrivée d'un nouveau-né. Lui pas, apparemment. Pour quelle raison ?

— Tu viens bien de me dire qu'il vivait à Copenhague, n'est-ce pas ?

Cette ville avait la réputation d'être magnifique en été. Et la mission elle-même pouvait s'avérer intéressante.

— Oui, répondit Sabine. Il offre un salaire supérieur au tarif normal, car il a besoin de quelqu'un qui lui apprenne de A à Z comment prendre soin d'un enfant en bas âge. Il admet ne pas en avoir la moindre idée.

— Eh bien… ça m'intéresse ! J'aimerais autant ne pas avoir affaire à un père célibataire, mais je n'ai plus vingt-deux ans et je serai donc à même de réagir comme il le faut si la situation venait à se compliquer.

— Tu es sûre de ce que tu avances ? insista Sabine.

Ollie était surtout sûre de n'avoir aucune envie de repartir tout de suite pour Londres.

— Absolument, répondit-elle donc sans hésiter. Envoie-lui mon CV et tu verras bien si mon profil l'intéresse.

Si tel était le cas, ils pourraient organiser un entretien en visio.

— Mais il faudra qu'il se décide vite, précisa Ollie, parce que je dois quitter cet appartement après-demain.

— Tu pourras toujours venir à Paris et rester quelque temps chez moi, proposa Sabine.

En effet. Mais elle savait que si cette opportunité de dernière minute s'avérait sans suite, il lui faudrait admettre la réalité et se décider à rentrer à Londres.

— Je vais l'appeler tout de suite et je te tiendrai au courant. En attendant, je t'envoie son dossier.

— Parfait. Je te dis donc à tout à l'heure ?

Trois quarts d'heure à peine plus tard, avant même qu'Ollie n'ait eu le temps de lire le dossier envoyé par Sabine, celle-ci l'appelait pour lui annoncer qu'elle avait un entretien le surlendemain à Copenhague, et qu'elle devait y arriver prête à se mettre sans tarder à l'ouvrage. Si toutefois le poste ne lui était pas confié – ce qui semblait peu probable, puisque le dénommé Bo Sorenson avait l'air désespéré – il réglerait son voyage. Sabine précisa qu'il était très impressionné par ses références et se disait prêt à payer le double de son salaire habituel pour s'assurer ses services.

Aux yeux de la jeune femme, c'était là une offre qu'elle ne pouvait pas refuser. D'autant qu'elle lui permettait de retarder l'inéluctable...

En cette saison, Copenhague était une ville ensoleillée, remplie de touristes, où tout le monde semblait se déplacer à vélo. Comme elle traversait la ville, Ollie remarqua l'alliance entre les grands bâtiments anciens et les lignes épurées de l'architecture moderne, les deux styles cohabitant parfaitement.

Les rues regorgeaient de bars, de magasins, de gens agréables à regarder, et elle savait que de célèbres restaurants étaient aussi installés là. En d'autres termes, il existait de bien pires endroits au monde où séjourner et, à moins que son futur employeur s'avère être un véritable crétin, elle y passerait avec grand plaisir les deux prochains mois.

Elle profiterait des jours de congé notés sur son contrat pour prendre le temps de découvrir cette ville intéressante. Elle ferait une excursion en bateau afin de l'observer sous un autre angle, louerait un vélo, flânerait dans les ruelles en dégustant des pâtisseries danoises. Elle avait aussi entendu parler d'un marché de rue bio et d'un secteur urbain réputé pour son aspect à la fois novateur et durable.

Comme il lui tardait de mettre tous ces projets à exécution, elle espérait que M. Sorenson lui ferait une aussi bonne impression que Copenhague.

Elle lança un regard à son smartphone pour relire le message que Sabine lui avait envoyé un quart d'heure plus tôt. Celle-ci avait eu M. Sorenson au téléphone le matin. Il lui avait dit qu'il avait rencontré Matheo et que les services sociaux danois attendaient que la nourrice soit sur place pour le retirer à la famille d'accueil. Elle avait haussé les sourcils en apprenant qu'il était à l'origine de cette demande. Était-il inexpérimenté au point de ne pouvoir garder cet enfant une nuit ? Peut-être tenait-il à l'accueillir dans les meilleures conditions possibles ? Ou les deux.

Bientôt elle en saurait davantage.

Elle reporta son attention sur le chauffeur de taxi qui, les sourcils levés, venait de lâcher un petit sifflement d'admiration tandis que la voiture descendait vers ce qui, lui dit-il, était l'un des quartiers les plus chers de la ville. Il se gara au bout de la rue, devant un petit mur en béton. Une échelle y était fixée, semblable à celles utilisées dans les piscines publiques, et Ollie s'aperçut que c'était là un moyen d'accéder à la plage située en dessous. En face d'elle se trouvait ce qu'elle pensait être le détroit de l'Øresund qui séparait Copenhague de la ville suédoise de Malmö. Ce lieu absolument incroyable ressemblait à un morceau de velours turquoise orné de cristaux.

Son nouvel employeur vivait sur l'eau, ce qui l'émerveillait !

Elle quitta le véhicule et se tourna vers la maison qui se trouvait sur la droite. La grande propriété était recouverte de bois teinté de rose pâle et arborait de nombreux toits en pente, tous de hauteurs différentes et orientés vers des directions distinctes. La demeure paraissait gigantesque, ce qui ne l'étonna pas : il était peu probable qu'une personne prête à payer le double de son tarif habituel soit dans le besoin. Elle s'attendait donc au départ à arriver dans une maison vaste et coûteuse, mais pas aussi originale, et pas non plus située dans un environnement pareil. Elle avait hâte d'y entrer.

Passer la belle saison ici ne serait certainement pas une épreuve, elle en était de plus en plus convaincue. Le vert des arbres était profond, les couleurs des fleurs éclatantes, comme si la nature tout entière se réjouissait d'être sortie de l'hiver. Elle sourit, de plus en plus satisfaite d'avoir trouvé si vite une solution au problème qui s'était présenté du jour au lendemain.

Il lui tardait de visiter cette si belle ville. Elle aurait peut-être même le temps de s'en éloigner pour découvrir un peu le pays. À vrai dire, tout lui semblait merveilleux comparé au retour à Londres et aux discussions familiales qui l'attendaient, concernant son avenir au sein de Cooper & Co.

Vêtue de son « uniforme », un confortable pantalon beige et un chemisier blanc, elle frappa à la porte de la maison. Elle était chaussée de baskets – les talons hauts et les enfants en bas âge ne faisant pas bon ménage – et un large bandeau noir retenait en arrière ses cheveux bouclés. Cette tenue n'était certes pas ce qu'il y avait de plus élégant, mais elle était là pour un entretien d'embauche, pas pour un défilé de mode.

De l'autre côté du battant, elle entendit un bruit de pas qui se rapprochaient et sentit les battements de son cœur s'accélérer. La porte s'ouvrit soudain, et elle se figea sur place, face au superbe spécimen masculin qui se tenait devant elle. S'agissait-il de Bo

Sorenson, l'homme sous le toit duquel elle allait vivre pendant les semaines à venir ?

Elle avala sa salive. Blond, grand et bien bâti, il était très bel homme. Son regard s'attarda sur ses yeux d'un vert profond, sa mâchoire carrée qui se dessinait sous une barbe naissante, son nez droit et sa bouche sensuelle. Puis il descendit le long de son corps et, sidérée, elle se surprit soudain à l'imaginer nu.

Nu. Son futur employeur ! Serait-elle en train de perdre la tête ?

— Olivia Cooper, j'imagine ?

Se ressaisissant, elle acquiesça et prit la main qu'il lui tendait au moment où, la mine renfrognée, il lui faisait remarquer qu'elle était en retard. Ollie baissa aussitôt les yeux sur sa montre qui affichait 11 heures passées de quelques minutes. M. Sorenson était certes attirant, mais apparemment pas des plus aimables.

Voilà une rencontre qui commençait bien.

— De quelques minutes à peine, monsieur Sorenson, répliqua-t-elle d'un ton froid.

Après quoi elle passa à côté de lui et traversa un hall baigné de lumière qui menait à un immense salon aux murs blanc et bleu dont les fenêtres donnaient sur la mer. Cette pièce haute de plafond jouxtait la salle à manger, elle-même séparée de la cuisine par une petite cour vitrée. L'ameublement design accentuait l'aspect ultramoderne, à la fois chic et original de cet intérieur.

Après avoir posé son sac sur un siège du couloir, Ollie se tourna vers le maître de maison qui lui avait emboîté le pas et ne s'était pas départi de son air bougon, ce qui lui donnait l'apparence d'un Viking agacé.

— Je suis très exigeant en matière de ponctualité, mademoiselle Cooper, déclara-t-il sèchement.

Si ce n'était qu'elle ne considérait pas du tout être en retard.

— Comment s'est déroulé votre voyage, mademoiselle Cooper ? Le chauffeur a-t-il trouvé facilement la maison ? Voulez-vous une tasse de café ? rétorqua-t-elle sans le quitter du regard, lui signifiant ainsi ce qu'elle aurait aimé entendre à son arrivée.

Après tout, il avait davantage besoin d'elle qu'elle de lui, car bien que n'ayant travaillé qu'un mois dans sa dernière famille, le trimestre entier lui avait été payé. Et si elle ne convenait pas à M. Sorenson, il restait toujours l'option vacances.

Tout sauf un retour prématuré à Londres.

— Voulez-vous une tasse de café… puisque vous êtes enfin arrivée ?

Il plongea les mains dans les poches de son pantalon, puis inspira profondément une première fois, et une deuxième. Elle remarqua qu'il avait les yeux cernés, les traits tirés. Était-ce dû à la fatigue, au stress ? Elle aurait peut-être pu éviter de s'adresser à lui sur ce ton sarcastique, mais elle ne supportait pas les mauvaises manières.

Pas plus qu'elle ne supportait l'étrange attirance qu'il exerçait sur elle.

Comme il glissait les doigts dans ses cheveux ondulés d'un ton caramel, elle remarqua la forme accentuée de son menton, ce qui était censé refléter un caractère pugnace, entêté.

— Bien… si nous reprenions depuis le début. Je suis Ollie Cooper et je suis venue pour passer un entretien concernant le poste de nourrice à domicile.

S'il lui répondait d'un ton ironique, elle partirait aussitôt.

— Bo Sorenson, marmonna-t-il d'une voix rocailleuse.

Son anglais était presque parfait avec à peine une pointe d'accent.

— Avez-vous fait bon voyage ? enchaîna-t-il. Que diriez-vous d'une tasse de café ?

Elle percevait la raillerie derrière ces questions polies, mais il s'était exprimé d'une voix trop plate pour qu'elle puisse riposter. Plaquant donc un sourire sur son visage, elle hocha la tête.

— Oui, je vous remercie. Et je veux bien un café noir avec deux sucres s'il vous plaît.

D'un signe de tête, il désigna le salon, et Ollie comprit qu'elle devrait attendre là pendant qu'il préparait le café. Elle s'y dirigea et choisit de prendre place sur le canapé situé à gauche de la pièce, où il ne la verrait pas de la cuisine.

Pourquoi diable fallait-il que ce nouvel employeur potentiel soit aussi séduisant ? N'avait-elle pas assez de soucis en tête, en ce moment ?

Elle redressa les épaules. Bo Sorenson était certes très attirant, mais elle était venue là pour travailler, pas pour fondre devant celui qui allait lui payer le double de son salaire habituel afin qu'elle s'occupe de son fils. Elle savait être une véritable professionnelle, se montrer capable de faire partie de la famille sans s'y immiscer. Cependant, aucun homme jusqu'ici ne lui avait produit un effet pareil, ce qui était pour le moins déstabilisant avant un entretien d'embauche.

Soit tu obtiens ce poste, soit tu retournes à Londres, dans ta chambre d'enfant toujours décorée de papillons. Contrôle-toi, Olivia, ou tu te retrouveras plus tôt que prévu dans les bureaux de Cooper & Co !

3

Arrivé dans la cuisine, Bo se passa lentement la main sur le visage. Décidément, il allait de surprise en surprise, en ce moment. Quand il avait entendu une voiture s'arrêter en bas de chez lui, il s'était levé et dirigé vers le couloir, s'attendant à voir une femme d'âge moyen, plutôt trapue et pas très élégante. En tout cas, rien de comparable avec la version moderne et sexy de Mary Poppins qui l'attendait sur le pas de la porte !

Il avait été saisi par ce visage aux traits fins, ces yeux d'un brun lumineux, cette peau légèrement hâlée. Les cheveux bouclés de la jeune femme retenus par un large bandeau noir lui tombaient sur les épaules. Elle n'était pas maquillée et n'en avait d'ailleurs aucun besoin. Bien que simple, sa tenue mettait en valeur sa silhouette à la fois fine et bien galbée. Et… oui, à quoi bon le nier, il n'avait pu s'empêcher de poser le regard sur sa poitrine. Quelques secondes à peine, mais assez pour en apprécier les rondeurs.

Ce bref examen lui avait suffi pour la trouver irrésistible et, seul dans sa cuisine, il essayait de retrouver cette maîtrise de soi qu'il avait faite sienne depuis de nombreuses années. La femme qui l'attendait dans le salon – se demandant sans doute pourquoi il tardait autant à préparer du café – était connue pour être l'une des nourrices les plus sollicitées du continent. Tous ceux qui avaient eu affaire à elle en parlaient en termes élogieux.

Il avait lu avec attention ses références, constatant qu'elle avait travaillé pour de nombreuses célébrités occupant des postes importants dans divers domaines. Ces anciens employeurs affirmaient tous que Mlle Cooper était ponctuelle, honnête, chaleureuse, gentille et extraordinaire avec les enfants. Ils étaient d'ailleurs tous prêts à faire de nouveau appel à elle si l'occasion se présentait.

Bo avait précisé à la directrice de l'agence qu'il souhaitait ce qu'il y avait de meilleur en la matière et, apparemment, celle-ci avait tenu compte de sa demande. Mais fallait-il pour autant que ce « meilleur » soit accompagné d'un physique pareil ? Tout en Olivia Cooper pétillait d'énergie, et son regard reflétait une indéniable intelligence. Pourquoi cette jeune personne dotée d'un diplôme en comptabilité exerçait-elle le métier de nourrice ? Où vivait sa famille ? Avait-elle un compagnon ?

Et pourquoi te poses-tu toutes ces questions à son sujet, Sorenson ?

Il ne lui arrivait quasiment jamais de s'interroger ainsi sur les personnes qu'il rencontrait, parce que la plupart du temps celles-ci suscitaient en lui un intérêt très modéré. À l'inverse de celle qui venait de sonner à sa porte.

Un nouveau soupir franchit ses lèvres. S'il ne s'était pas trouvé dans une situation aussi complexe, il aurait expédié cet entretien en quelques minutes et lui aurait demandé de repartir sans tarder. Mais il avait vraiment besoin d'elle. Se procurer une nourrice – surtout aussi compétente que celle-ci – dans la journée s'avérerait tout bonnement impossible. Il allait donc falloir qu'il s'efforce de refouler l'étrange fascination qu'elle avait aussitôt exercée sur lui. Qu'il se réfugie davantage encore dans le personnage imperturbable qu'il s'était forgé au fil du temps. Qu'il ignore et cache plus que jamais ses sentiments.

Parfait, si tu t'en tiens à ces objectifs, tout se passera bien.

Il finit de préparer le café, posa les tasses et la cafetière sur un plateau et rejoignit enfin le salon. Olivia Cooper occupait un angle du canapé. Il remarqua qu'elle paraissait tendue et s'en sentit presque soulagé. Il n'était donc pas le seul à être perturbé par cette rencontre ?

Il ne devait cependant pas oublier que les semaines à venir ne seraient pas des plus simples s'ils ne parvenaient pas à trouver un « terrain d'entente ». Il fallait donc dans un premier temps qu'il lui fasse comprendre qu'elle était la bienvenue chez lui. Cela chasserait peut-être la méfiance qu'il percevait dans son attitude.

Il décida alors d'aller droit au but, d'aborder sans hésiter les sujets tabous.

— Pour ne rien vous cacher, je ne pensais pas avoir affaire à une nounou aussi jeune et jolie...

Elle haussa un sourcil.

— Vous auriez préféré une vieille dame habillée n'importe comment ? Désolée de vous décevoir !

S'il y avait bien un qualificatif qui ne correspondait pas à Olivia Cooper, c'était celui de « décevante ».

— Je suis conscient de ne pas vous avoir bien accueillie et je vous prie de m'en excuser. Ces derniers jours ont été assez difficiles pour moi... Mais avant d'aller plus loin, nous devons éclaircir quelques points. Comme vous le savez sans doute, je suis un père célibataire, et accepter ce poste implique pour vous que vous vous installiez ici, à Copenhague. Chez moi, plus précisément.

Elle ne chercha pas à cacher la surprise que provoquait en elle cette façon de parler pour le moins directe. Après avoir croisé les jambes, elle se pencha en avant et soutint son regard.

— Ce qui serait susceptible de m'attirer des ennuis ? insista-t-elle, détachant chaque syllabe. Comment dois-je interpréter vos paroles ? Est-ce que vous pourriez être plus précis, s'il vous plaît ?

À en juger par la méfiance que reflétait soudain son visage, elle avait déjà été confrontée à une situation de cet ordre. Elle avait eu affaire à un homme qui avait eu avec elle un comportement déplacé.

— Si par « ennuis » vous faites allusion à des tentatives de séduction de ma part, je vous rassure tout de suite, vous ne courez aucun risque. Je ne me hasarderais sûrement pas sur ce terrain avec des personnes travaillant à mon service. Ma vie est déjà bien assez compliquée comme ça, inutile d'en rajouter !

Elle continua de le fixer, imperturbable. Difficile de deviner si elle se sentait rassurée – ou déçue ? – par ces propos.

Que vas-tu imaginer là ? Redescends sur terre, voyons !

Il savait qu'il devrait s'en tenir à ce qu'il venait de déclarer. À l'inverse de son père, Bo n'avait qu'une parole. Quand quelque chose était dit, cela restait pour lui gravé dans le marbre. Et il ne pouvait que le regretter, car dans une autre situation, il aurait cherché à mieux connaître Mlle Cooper. Beaucoup mieux, même.

Du calme, Sorenson, du calme !

Ce fut le moment que choisit Ollie pour rompre le silence qui s'était installé entre eux.

— Eh bien, je vous remercie. J'apprécie beaucoup votre sincérité.

— Mais est-ce que vous me croyez ? insista-t-il.

Si Ollie Cooper acceptait ce poste, il faudrait impérativement qu'elle se sache en sécurité avec lui. Il ne supporterait pas de la sentir par moments inquiète ou bien mal à l'aise. Il vit son regard se faire plus perçant, comme si elle cherchait à déceler sur ses traits des signes de tromperie. Et quand elle finit par hocher la tête, il éprouva un profond soulagement.

— Oui.

Elle reporta alors son attention sur la table basse où il avait posé le plateau et ajouta :

— Ça vous ennuie si je me sers ? Après le voyage, un café bien corsé me fera le plus grand bien.

— Je vous en prie, répondit-il en poussant le plateau dans sa direction.

Il garda les yeux rivés sur ses doigts longs et fins tandis qu'elle prenait la cafetière et attendit qu'elle la repose pour se servir à son tour. Sa tasse à la main, il s'assit en face de la jeune femme et posa la cheville sur son autre jambe avant de reprendre la parole.

— C'est bien la première fois de ma vie que je fais passer un entretien à une nounou et, ne connaissant rien aux enfants, j'avoue ne pas trop savoir quel genre de question vous poser…

Elle sourit, et il eut soudain l'impression que le soleil coulait à flots dans la pièce.

— Voilà qui a le mérite d'être franc ! s'exclama-t-elle. Pourquoi ne pas essayer de me parler de votre fils et de la façon dont il est arrivé dans votre vie ? J'ai cru comprendre que c'était quelque chose d'assez… inattendu ?

— Pour le moment, il ne vit pas encore avec moi.

Après avoir réfléchi quelques instants, il décida de lui exposer toute la vérité. De lui expliquer tout ce qu'impliquait la brusque apparition de Matheo dans son existence. Le terme « inattendu » était assez faible pour décrire l'effet lié à cet événement. « Époustouflant » convenait mieux. « Bouleversant » aussi, car la nouvelle avait eu un impact aussi immédiat qu'important sur le rythme jusqu'ici bien réglé de la vie qu'il menait.

— Je n'ai jamais cherché à cacher que je ne tenais pas à m'investir dans une relation, et encore moins à avoir des enfants. Je l'ai toujours dit aux femmes que j'ai croisées dans ma vie. Pourtant – je ne sais pas comment puisque je me suis toujours protégé – la mère de Matheo est tombée enceinte.

Il marqua une brève pause, puis haussa les épaules et enchaîna :

— Elle a décidé de ne pas m'en parler et est repartie au Brésil où elle voulait élever mon fils avec l'homme qu'elle a épousé après sa naissance. J'ai appris que celui-ci était sur le point d'adopter Matheo, ce qui s'est avéré impossible parce que… parce qu'ils sont morts tous les deux dans un accident de voiture. Dani avait inscrit mon nom sur l'acte de naissance de l'enfant, ce qui a permis aux autorités de me retrouver. Et ce petit est maintenant sur le point de venir vivre avec moi.

Il avala deux gorgées de café et essaya en vain de sourire. Après avoir exposé à voix haute la situation, elle lui paraissait plus étrange encore que quand il la tournait et retournait dans sa tête.

— Voilà, vous savez tout maintenant, Olivia.

— Appelez-moi Ollie. C'est effectivement une histoire incroyable, observa-t-elle. Et où est Matheo maintenant ? Est-ce que vous l'avez rencontré ?

Bo hocha la tête, incapable de décrire la journée tumultueuse qu'il avait vécue la veille. Il s'était rendu chez le couple choisi comme famille d'accueil de Matheo et, dans leur salon, avait trouvé une femme d'allure simple qui tenait dans ses bras un bébé. Un bébé qui le fixait, les yeux tout arrondis. On venait sans doute de le réveiller, et il paraissait perturbé. Bo s'était alors demandé si l'enfant avait saisi que sa mère n'était plus de ce monde.

Leurs regards s'étaient croisés, et il avait soudain été submergé par une puissante vague d'amour dont il n'aurait jamais soupçonné l'existence. C'était bien la première fois de sa vie qu'il éprouvait un sentiment d'une telle nature.

Les yeux toujours rivés sur Ollie, il voulut parler, mais eut l'étrange impression que les mots restaient coincés dans sa gorge. Après avoir inspiré lentement, il essaya de nouveau et cette fois réussit à s'exprimer.

— J'ai fait sa connaissance hier. Jusqu'ici, il a vécu dans la famille d'accueil qui a été désignée pour l'héberger et veiller sur lui. Il devrait arriver dans une heure. L'assistante sociale n'était pas certaine que je sois à même de m'occuper de lui toute la nuit, sans aucune aide. Elle préférait attendre votre arrivée avant de me le confier.

Ollie eut une moue dubitative.

— Une réaction hyper protectrice, à mon avis. Même si vous manquez d'expérience, je pense que vous vous seriez tiré d'affaire sans problème.

Surpris par la confiance qu'elle lui témoignait, il arrondit les yeux et demanda :

— Pourquoi dites-vous cela ? Je ne connais absolument rien aux bébés. Je sais qu'ils pleurent, qu'ils mangent et qu'ils dorment, rien de plus !

— Vous n'êtes sûrement pas le premier parent à avoir dû tout apprendre sur le terrain.

Elle finit d'une traite sa tasse de café et la reposa sur le plateau avant d'ajouter :

— Bien, nous allons donc devoir discuter de certains détails. Êtes-vous prêt ?

Il aimait la manière directe dont elle s'adressait à lui, tout comme sa façon de le regarder droit dans les yeux. Il savait pouvoir être intimidant et pourtant cette femme bien plus menue que lui ne paraissait nullement impressionnée par sa présence. C'était là quelque chose de nouveau pour lui. Quelque chose qui lui plaisait beaucoup.

— Tout à fait.

— Avant toute chose, si vous me confiez votre fils, vous savez que je n'occuperai ce poste que pendant les deux mois à venir, n'est-ce pas ? Je n'accepte jamais de contrat de plus de trois mois et je ne suis disponible aujourd'hui que parce que ma mission précédente a été écourtée pour cause de départ imprévu de mes employeurs.

Bo hocha la tête. Il avait en effet été informé du brusque changement de cap de la famille pour laquelle elle travaillait jusque-là. Mais il avait la curieuse impression qu'elle lui cachait quelque chose, ce qui ne manquait pas de l'intriguer.

Comme cette pensée lui traversait l'esprit, il fronça légèrement les sourcils. Cette curiosité concernant la nourrice qui venait d'arriver chez lui était déplacée. Il n'avait pas à se mêler des affaires de celle-ci. Au sein de l'entreprise Sorenson Yachts, il prenait soin de toujours garder ses distances avec les différents membres de son équipe. Pourquoi en serait-il autrement avec Mlle Cooper ?

Parce que vous allez partager le quotidien dans cette maison, et parce que, inutile de se voiler la face, elle ne te déplaît pas !

La maison en question était spacieuse, avec ses cinq chambres, chacune d'entre elles dotée d'une salle de bains. Mais ils devraient bien entendu partager certaines pièces communes telles que le salon, où il regardait la télévision, ainsi que la cuisine et la salle à manger. S'il l'embauchait, c'était pour qu'elle s'occupe de Matheo, mais aussi pour qu'elle lui montre comment s'y prendre avec le bébé. En d'autres termes, il faudrait qu'ils passent beaucoup de temps ensemble.

— La directrice de l'agence, Mme...

— Sabine du Foy, finit-elle à sa place.

— Oui. Mme du Foy a été très claire sur le sujet. Apparemment, il faut que vous retourniez à Londres avant le 1er septembre.

Comme il prononçait ces mots, il remarqua qu'elle pinçait les lèvres et se demanda ce qui lui déplaisait dans ce projet. De toute évidence, elle était anglaise, son accent parfait ne laissait planer aucun doute là-dessus. Mais pourquoi ne désirait-elle apparemment pas retourner dans son pays d'origine ?

Tu te poses trop de questions, Sorenson. Ne t'écarte pas de ton mode de fonctionnement habituel, s'il te plaît ! Jusqu'ici ça ne t'a jamais posé de problème.

— Pour vous remplacer, reprit-il, il faudra trouver une

personne prête à occuper ce poste à long terme. Je ne sais pas si c'est Mme du Foy qui devra s'en charger, ou vous.

— Nous travaillerons en équipe. Sabine me mettra en contact avec les candidates qu'elle aura présélectionnées et, si vous le souhaitez, je pourrai leur faire passer les premiers entretiens. D'ici là, je vous connaîtrai mieux et serai donc en mesure d'estimer vos besoins. Ensuite, vous vous entretiendrez vous-même avec elles, soit en visio soit en leur proposant de venir, comme moi, à Copenhague. Je vous conseille la deuxième option.

Bien qu'ayant souvent recours aux visioconférences, Bo partageait l'avis de la jeune femme. La sécurité, le bien-être et le bonheur de Matheo étaient en jeu, donc il mettrait tout en œuvre pour s'assurer que la personne choisie soit la plus apte à les lui apporter.

— Quand j'ai quelqu'un en face de moi, il m'est beaucoup plus facile de le cerner, reprit Ollie. De saisir sa façon de fonctionner, d'évaluer ses compétences.

— Mm… et que vous a dicté votre instinct, quand vous m'avez vu ?

Sitôt ces mots prononcés, Bo les regretta. Comment pouvait-il être assez stupide pour poser une question pareille à la jeune femme ? Il était sur le point de l'employer et devait donc garder ses distances. Cette ligne de conduite était la sienne en temps normal.

Inclinant légèrement la tête de côté, Ollie ne détourna pas le regard.

— Ma première impression a été d'avoir affaire à quelqu'un de direct, qui n'a pas pour habitude de mâcher ses mots. Quelqu'un qui peut se montrer bougon… et qui est d'une ponctualité démesurée.

Puisqu'il lui demandait son avis, autant le lui donner sans détour.

— Quelqu'un qui, en certaines occasions, peut sans doute aussi être assez pénible, conclut-elle.

Elle accompagna ces mots d'un charmant sourire, et il se surprit à sourire à son tour.

— Ma foi… ce n'est pas faux !

Comme elle hochait la tête, il se demanda si elle allait lui demander à son tour quelles avaient été ses premières impressions à son sujet, mais elle n'en fit rien, ce qu'il apprécia. Manifestement, elle n'avait pas besoin de son avis pour se sentir à l'aise, tant d'un point de vue personnel que professionnel. Encore un point en sa faveur, car il aimait bien les gens qui avaient confiance en eux.

— Bien, allons droit au but maintenant, monsieur Sorenson. Êtes-vous prêt à me confier votre fils pendant les huit semaines à venir ?

Évidemment ! Ollie Cooper était sans aucun doute l'une des meilleures dans son domaine, et ce fut donc sans hésiter qu'il acquiesça.

— Ah, ça me rassure de savoir que je ne suis pas venue jusqu'ici pour rien ! lança-t-elle avec un grand sourire. Alors pour commencer je suggère que vous me racontiez comment se déroulent en général vos journées, pour que je connaisse votre rythme de travail. Cela me permettra de savoir comment nous pourrons adapter votre emploi du temps à vos nouvelles obligations.

Bo se levait tôt, allait au gymnase et, en général, arrivait à son bureau avant 7 heures Souvent il ne rentrait chez lui qu'à 21 heure ou 22 heures Il prenait rarement une pause pour le déjeuner, moment de la journée durant lequel il se contentait de boire des smoothies. Le soir il se nourrissait la plupart du temps de plats préparés.

S'il conservait ces horaires, il ne verrait jamais Matheo. Mais, s'il ne travaillait pas cet été, il ne parviendrait pas à respecter les délais convenus. Ce changement de vie ne s'annonçait décidément pas comme étant des plus faciles…

— Si ça ne vous ennuie pas, je préfère revenir vers vous en ce qui concerne ce sujet. Et si vous voulez que je vous appelle Ollie, il faudra que vous m'appeliez Bo.

— D'accord… Bo. Donc je suggère que vous me remettiez votre emploi du temps quand il sera prêt, et nous essaierons de l'aménager ensemble.

Elle se tut soudain et se tourna vers la fenêtre. Bo, qui avait lui aussi entendu une voiture se garer devant la maison, se leva d'un bond et glissa nerveusement les doigts dans ses cheveux.

— Ce… c'est sans doute Matheo, dit-il d'une voix mal assurée.

Ollie s'était elle aussi levée mais, à l'inverse de lui, paraissait très calme. Comment était-ce possible ? Sa propre vie venait d'opérer un changement radical. À cet instant précis, tout le monde devrait être aussi affolé que lui ! La jeune femme posa alors la main sur son avant-bras nu, et ce simple contact eut un effet apaisant sur son cœur qui déjà s'emballait.

— Je suis là, Bo. Je suis venue pour vous aider. Inspirez plusieurs fois profondément.

À l'entendre, on aurait cru qu'il paniquait, or il n'avait jamais paniqué de sa vie. Il avait navigué sur des catamarans en mer de Béring et avait pratiqué l'escalade tout comme le parachutisme. Il se considérait comme une personne très calme et posée, capable de contrôler sa respiration, tout comme ses nerfs et ses émotions. Au point d'avoir parfois l'impression d'être un robot humain.

Mais à cet instant précis, il lui semblait que sa tête était sur le point d'exploser et que les battements de son cœur résonnaient dans toute la maison. Un bébé – son fils ! – allait lui être confié. À partir de maintenant de lui dépendrait l'équilibre physique et mental de cet enfant. C'était là une situation qu'il n'avait pas désirée, et il se prit soudain à détester Dani. Elle avait quitté cette terre, le laissant élever seul un enfant qu'il n'avait jamais voulu.

Il en était là de ses pensées quand il sentit la pression des doigts féminins s'accentuer sur sa peau.

Tu n'es pas seul.

Ollie serait à ses côtés pendant les deux mois à venir, et il pourrait bénéficier de son aide, de son expérience, de ses compétences. Elle allait considérablement lui simplifier l'existence pendant les prochaines semaines.

Tu vas y arriver.

Avait-il le choix ?

Redressant le menton, il se dirigea vers le couloir et posa la main sur la poignée de la porte. Les yeux mi-clos, il rassembla tout son courage pour l'ouvrir, conscient d'être sur le point de tourner le dos à son univers d'homme célibataire pour plonger dans celui de père de famille. Ce qui le terrifiait. Mais ne disait-on pas que le courage consistait à agir, que l'on ait peur ou pas ?

Il ouvrit enfin la porte, si fort qu'elle claqua contre le mur, ce qui ne fit qu'accentuer sa nervosité. À deux mètres à peine de lui se tenait Mme Daniels avec Matheo calé contre sa hanche. L'enfant était réveillé, et Bo remarqua des traces de larmes sur ses joues. Il crut distinguer de la frayeur dans ses yeux verts... mais peut-être était-il simplement en train d'y projeter la sienne ?

Matheo glissa son pouce dans la bouche. Bo, qui ne le quittait pas du regard, lui caressa la joue.

— Tu as eu une journée difficile, mon bonhomme ?

L'enfant se pencha alors vers lui, ce qui ne manqua pas de le surprendre, et Mme Daniels le déposa dans ses bras. Matheo se blottit aussitôt contre lui, mettant la tête contre son torse. À travers la fine étoffe de sa chemise, Bo sentit les battements rythmés du petit cœur. Il couvrit de sa main la tête de l'enfant et effleura sa tempe d'un baiser avant de murmurer :

— Tout va bien se passer à partir de maintenant, Matheo. Tu es à la maison, je vais m'occuper de toi.

Le bébé le fixa, cligna les paupières, puis lui adressa un sourire d'une douceur infinie qui le fit fondre de tendresse. Et l'homme dur, parfois colérique, qu'il avait été jusque-là, s'aperçut que son cœur n'était pas uniquement un organe essentiel pour le bon fonctionnement de son corps.

En présence de son fils, ce cœur venait de se réveiller.

4

L'assistante sociale avait apporté quelques vêtements ainsi que quelques couches et un petit chien en peluche jaune, en assez piteux état, dont Matheo avait apparemment du mal à se séparer. Après son départ, Ollie avait rapidement visité la maison de son nouvel employeur et avait constaté qu'il n'y avait là rien de prêt pour accueillir le bébé. Il fallait donc acheter sans tarder un certain nombre de choses indispensables.

Qu'avait donc imaginé Bo Sorenson ? se demanda-t-elle, étonnée. Qu'après avoir emménagé dans son nouveau domicile, Matheo se nourrirait comme un adulte et boirait du vin ? Où allait-il dormir ? Comment allait-il se nourrir, se vêtir ? Elle comprenait bien que l'arrivée inopinée de cet enfant dans sa vie soit pour le moins déstabilisante, mais au point de vider son esprit ? Le maître des lieux était incontestablement quelqu'un d'intelligent. Comment était-ce possible qu'il n'ait pas anticipé la venue de son fils, qu'il n'ait pas prévu d'acquérir le minimum nécessaire à un enfant en bas âge ?

Pour être tout à fait honnête, à cet instant précis, elle ne se sentait pas elle non plus au mieux de sa forme. Non contente de redouter ce que lui réservait l'avenir, elle commençait à appréhender cette mission de courte durée. Et l'effet que lui produisait Bo Sorenson n'y était pas étranger, elle devait bien l'admettre. C'était bien la première fois de sa vie qu'elle rencontrait un homme qui l'attire à ce point. Un homme célibataire, de surcroît, avec lequel elle devrait passer beaucoup de temps pendant les huit semaines à venir...

Son ex avait été un bon choix. Un choix sensé, même. S'il ne l'avait pas trompée et ne s'était pas montré aussi peu compatissant au moment où Becca avait quitté ce monde, elle serait sans doute encore avec lui. Il représentait une option raisonnable et sûre, quelqu'un que sa famille avait apprécié dans la mesure où il était plutôt bel homme, sociable et occupant un poste assez intéressant. Une étoile stable, pas trop étincelante, en quelque sorte. Bo, lui, était plutôt comparable à une météorite. Une étoile filante qui parfois semblait s'enfoncer dans un tunnel noir. Quelqu'un de mystérieux et fascinant.

Aussi attirant soit-il, cet homme est ton employeur, ne l'oublie pas !

Elle s'efforça donc de concentrer toute son attention sur le bébé, un mini Bo Sorenson absolument adorable. Quand il s'endormit dans l'immense lit de son père, entouré de hauts coussins, elle s'installa à la table de la cuisine et commença à dresser une liste. Quelques minutes plus tard, Bo Sorenson entrait dans la pièce. Il avait échangé son T-shirt contre une chemise plus élégante, s'était recoiffé, et tenait à la main des clés de voiture. Se laissant aller contre le dossier de sa chaise, Ollie le regarda de la tête aux pieds.

— Je vais à mon bureau travailler quelques heures. Certaines choses ne peuvent pas attendre.

Sans le quitter du regard, elle inclina la tête de côté.

— Je crains bien que si.

Elle vit le vert de ses yeux s'assombrir soudain.

— Si j'ai bien compris, vous cherchez là à me dire ce que je peux faire ou pas ? J'espère bien me tromper, parce que jusqu'à preuve du contraire c'est moi qui suis votre employeur, pas l'inverse ! conclut-il d'un ton froid.

Ollie n'avait pas de temps à perdre dans ce genre de discussion.

Elle avait dans l'immédiat des problèmes bien plus urgents à résoudre.

— J'ai quelques questions à vous poser, monsieur Sorenson, répliqua-t-elle, prenant soin cette fois de ne pas l'appeler par son prénom. Où Matheo va-t-il dormir ce soir ? Dans votre lit, avec vous ? Si je puis me permettre, ce n'est pas une option que je conseillerais. Et où va-t-il manger ? Sur les genoux de quelqu'un, ou sur une chaise pour adulte ? En ce qui concerne les produits de toilette, sachez que nous ne pourrons pas utiliser les vôtres, il va lui en falloir d'autres adaptés à son âge. J'imagine aussi que vous n'avez pas acheté de couches ni de lait maternisé ? Comment comptez-vous le nourrir ? Sachez que je n'envisage pas de sortir à minuit, dans une ville que je ne connais pas, pour acheter des produits de première nécessité.

Les sourcils froncés, il posa le regard sur la liste qu'elle était en train de remplir à son arrivée dans la pièce.

— Eh bien, j'avoue ne pas avoir pensé à tout ça, admit-il, l'air nettement moins hautain.

C'était évident.

— Qu'avez-vous imaginé ? Que Matheo dormirait jusqu'à ce que vous ayez terminé votre journée de travail ? insista-t-elle, s'efforçant de ne pas rouler des prunelles.

Comme Bo haussait un sourcil, elle comprit qu'elle n'avait pas réussi à cacher son impatience.

— D'accord, mademoiselle Je-Sais-Tout, je comprends votre point de vue.

Résolue à ne pas envenimer la situation, Ollie choisit d'ignorer la façon dont il s'était adressé à elle et enchaîna :

— Nous avons besoin d'un certain nombre de choses et de façon assez urgente.

D'un geste de la main, Bo désigna un ordinateur fermé qui se trouvait sur la table de la salle à manger.

— Servez-vous de cet appareil pour passer commande de

tout ce qu'il va nous falloir pour Matheo. Ce sera livré dans les meilleurs délais.

Ollie secoua la tête.

— Je préfère aller moi-même faire ces achats. En arrivant en taxi, j'ai vu un magasin d'articles pour bébés pas très loin d'ici. J'y trouverai certainement une bonne partie de ce que je cherche.

Voyant son regard afficher la surprise, elle comprit qu'il n'avait jamais prêté la moindre attention au magasin en question. Et pourquoi s'y serait-il intéressé ? Comment aurait-il pu deviner que, du jour au lendemain, il allait se retrouver père d'un bébé ?

— S'il vous est possible de rester ici et de vous occuper de Matheo, reprit-elle, j'irai moi-même au magasin acheter tout ce dont nous allons avoir besoin. De plus, en traversant les allées, je verrai sans doute des choses nécessaires que j'ai oublié de noter. Je n'ai pas gardé de bébé depuis pas mal de temps.

Les mâchoires serrées, Bo se passa nerveusement la main dans les cheveux.

— Il vient tout juste d'arriver… et vous voulez me laisser seul avec lui ?

Elle perçut dans sa voix, tout comme dans ses grands yeux verts, une sorte d'affolement.

— Je pense qu'il va dormir pendant quelques heures et je devrais être de retour d'ici son réveil.

Bo hésita, puis hocha la tête et plongea la main dans la poche arrière de son pantalon, de laquelle il sortit un portefeuille. Il l'ouvrit et prit une carte de crédit noire et dorée qu'il lui tendit en lui donnant les chiffres du code.

— Achetez tout ce qu'il faut, mais ne tardez pas trop. J'irai à mon bureau quand vous reviendrez.

Ollie pinça les lèvres. Cette fois encore, il se trompait. Décidément, il avait du mal à comprendre tout ce qu'impliquait son nouveau rôle de père de famille ! L'agacement commençait à monter de nouveau en elle, quand elle remarqua qu'il paraissait à la fois effrayé et perdu. De toute évidence, il avait besoin de se sentir maître de la situation, ce qui se produisait sans nul doute sur son lieu de travail. Mais chercher à fuir la réalité ne s'avérerait pas très productif. Il fallait au contraire qu'il s'habitue le plus tôt possible à la présence de Matheo et aux énormes changements qu'impliquait dans sa vie l'arrivée du bébé.

— Je vais devoir acheter bon nombre de choses qui seront livrées ici, expliqua-t-elle. Et à mon retour, j'aurai besoin d'aide pour en assembler certaines : le lit pour bébé, par exemple, la chaise haute, la table à langer. Vous imaginez bien que je ne peux pas à la fois gérer ça et m'occuper de l'enfant. Et dans la mesure où vous m'avez dit que vous vouliez apprendre à veiller sur lui...

— Bien sûr, mais...

— Mais ? insista-t-elle, comme il ne finissait pas sa phrase.

Il détourna le regard.

— Mais je dois aussi travailler.

Plus vite il comprendrait qu'il devait s'adapter au rythme de Matheo et non aux exigences de son entreprise, plus vite tout se mettrait en place, ce qui leur permettrait d'établir une routine et leur faciliterait considérablement la tâche à tous les deux.

— Je pense qu'il va falloir que vous mettiez votre activité en veilleuse pendant quelque temps, ou alors que vous travailliez la nuit, pendant que Matheo dort. Au moins jusqu'à ce qu'il s'habitue à vous et comprenne qu'il est désormais sous votre entière responsabilité. Ce qu'il aura du mal à faire si vous continuez à vous absenter pour aller travailler.

Bo ouvrit la bouche, prêt à contrer son point de vue, et Ollie haussa les sourcils attendant qu'il s'exprime. Le silence s'installa dans la pièce tandis qu'il cherchait un moyen de contourner ses toutes nouvelles obligations. Mais rien ne lui venait à l'esprit. Bien qu'il lui en coûte terriblement de l'accepter, cette nouvelle vie était désormais la sienne.

Ollie prit la liste qu'elle venait de dresser et la plia avant de la glisser dans la poche arrière de son pantalon, avec la carte de crédit que venait de lui remettre Bo.

— Il me faut une voiture, dit-elle alors.

— Dans ce cas, vous allez devoir prendre la mienne. Êtes-vous habituée à conduire une voiture manuelle ? Sinon, je peux me charger de faire ces achats, et vous m'attendez ici ?

Il cherchait à s'enfuir, mais elle était résolue à l'en empêcher.

— Bo, j'ai déjà conduit pas mal de voitures dans ma vie. De quel modèle s'agit-il ?

— Une Mercedes GLS biplace.

Autrement dit, un modèle rare et très cher qu'elle devrait éviter d'abîmer. Un véhicule peu adapté à un homme doté d'un bébé.

— Petite question : où envisagez-vous de placer le siège-bébé, dans un modèle pareil ? Pendant mon absence vous devriez peut-être en chercher un autre, plus en accord avec votre nouvelle situation. À moins que vous décidiez de ne jamais emmener Matheo où que ce soit…

Sur ce, elle prit les clés que Bo avait laissées sur la table, quitta la cuisine et se dirigea vers le couloir. Après avoir vérifié que Matheo dormait toujours dans la même position, elle revint à la cuisine, où Bo affichait un air un peu choqué. Elle tendit la main et la posa sur son avant-bras musclé. Le contact de cette peau brûlante sous ses doigts lui produisit un étrange effet, à tel point qu'elle s'empressa de les retirer et s'éclaircit la voix.

— Bo, n'oubliez pas de jeter un œil dans la chambre toutes les dix minutes environ. Vous ne tenez pas à ce que Mat tombe du lit, n'est-ce pas ?

— Pas spécialement, répondit-il avec un petit soupir. Bien, je vais donc apporter mon ordinateur dans la chambre et m'y installer pour travailler.

Ollie le dévisagea. Cette fois encore, il n'avait pas saisi le message ! Face à son air incrédule, il ajouta en hâte :

— Je vais chercher des modèles de voiture qui conviennent à un enfant en bas âge.

Ah, parfait ! Son imagination lui avait joué un mauvais tour. Il fallait qu'elle cesse d'attendre le pire de Bo Sorenson. Il ne parlait certes pas beaucoup, mais manifestement savait écouter.

Il était plus de 21 heures quand Bo se laissa tomber sur son canapé blanc, un verre de vin à la main. Sans hésiter, il étendit les jambes et mit les pieds sur la table basse. Il se sentait tout bonnement épuisé. Cette première journée consacrée à Matheo l'avait vidé de toutes ses forces. Lui qui avait l'habitude de courir des semi-marathons, de fréquenter assidûment le gymnase et de passer de longues journées à travailler dans son bureau, avait du mal à croire qu'un enfant de neuf mois à peine lui ait donné envie de dormir pendant une semaine d'affilée.

Pourtant, il n'avait pas eu à fournir des efforts faramineux. De retour de ses achats, Ollie venait tout juste de garer la Mercedes dans le garage qu'une camionnette de livraison arriva. Les hommes qui en descendirent entreprirent de décharger une foule de cartons. Ces employés portaient tous une élégante salopette ornée du logo du magasin où sa toute nouvelle nounou avait dépensé une fortune. Il avait d'ailleurs reçu un message d'alerte de sa banque au moment où la jeune femme avait glissé dans le lecteur la carte de crédit qu'il lui avait confiée.

Les employés avaient transporté tous les paquets dans la pièce qui leur avait été désignée comme étant la chambre de Matheo. Ensuite, munis de tournevis et de clés, ils n'avaient pas été longs à monter les meubles choisis un peu plus tôt par Ollie, notamment une chaise haute et une armoire dans laquelle ranger tous les vêtements qu'elle avait achetés. Puis ce fut le tour d'un lit à barreaux aux côtés rabattables qui fut placé dans un coin de la pièce et d'un trotteur multicolore.

Pendant qu'ils assemblaient le mobilier, Ollie entreprit de

mettre tous les vêtements de Matheo dans un lave-linge qui faisait aussi office de séchoir. Elle avait également acheté toute une gamme d'aliments biologiques qui serait bien utile jusqu'à ce qu'elle apprenne à Bo à cuisiner pour son fils. Quand elle le lui avait dit, il s'était bien gardé de lui répondre qu'il était peu probable que cela se produise, vu qu'il ne cuisinait même pas pour lui.

Une fois tout installé et les employés repartis, elle lui avait montré comment changer une couche, comment baigner le bébé qui se tortillait dans tous les sens, comment le promener et le bercer dans ses bras quand il hurlait pour une raison inconnue. Bo avait fait de son mieux pour tout mais, vu la médiocrité de ses résultats, il en avait déduit qu'il devait se concentrer davantage sur les nouvelles tâches qui lui incombaient et qui désormais relèveraient de son quotidien.

Il but une longue gorgée de vin et regarda le babyphone posé sur la table du salon. Le petit appareil lui permettait d'entendre la douce respiration de Mat – il avait lui aussi décidé d'adopter le diminutif employé par Ollie cet après-midi-là. Les paupières closes, il inspira profondément, essayant de s'adapter aux nombreux changements survenus chez lui en l'espace de quelques heures.

Il y avait maintenant un enfant dans cette maison. Un enfant qui partagerait sa vie pendant les dix-huit ou vingt prochaines années. Quelques jours à peine auparavant, il vivait seul, n'était responsable que de lui-même. Et voilà qu'il se retrouvait père d'un petit garçon de neuf mois. Il se redressa, posa les coudes sur ses genoux et s'efforça de refouler la vague de frayeur qui montait en lui, menaçant de le submerger. Comment diable allait-il réussir à jouer ce rôle pendant de longues années ?

— Ça va ? Vous avez l'air… un peu fatigué.

La voix féminine le tira de ses sombres pensées. Il leva les yeux vers le seuil du salon où se tenait Ollie. L'expression de son visage n'avait rien perdu de sa vitalité, et son regard était toujours aussi lumineux. Certes, le blanc de son chemisier paraissait un peu fané et son pantalon beige portait quelques taches. Elle avait aussi perdu son bandeau et ses cheveux bouclés entouraient son visage en forme de cœur. Malgré cette journée pour le moins intense, elle paraissait aussi énergique qu'à son arrivée, alors qu'il ne rêvait, lui, que d'une chose : regagner son lit au plus vite. De préférence avec Ollie.

Comme cette pensée absurde lui venait à l'esprit, il réprima une grimace.

Ta vie n'est donc pas assez difficile en ce moment, Sorenson ?

Peut-être était-ce là seulement le besoin d'une présence féminine capable de l'épauler en de pareilles circonstances ?

Allons ! De qui te moques-tu ? Elle t'a plu dès son arrivée, tu le sais bien !

Il y avait en la jeune femme quelque chose qui l'attirait de façon irrésistible. Il ne parvenait à détacher le regard d'elle, et elle l'incitait à se poser mille questions la concernant.

Olivia Cooper était une jolie femme, mais il en avait connu d'autres bien plus jolies dans sa vie qui n'avaient pas provoqué en lui cette sorte d'envoûtement. Il aimait ses yeux en amande, son large sourire, cette petite fossette qui apparaissait parfois sur sa joue gauche. Il aimait sa silhouette, son allure, ce curieux mélange de sexy et de sensé qu'elle portait en elle. Tout en étant séduisante, elle était aussi dotée d'un véritable esprit pratique. Sans elle, il n'aurait certainement pas réussi à assumer les multiples tâches qui s'étaient présentées ce jour-là. D'ailleurs, y était-il parvenu ? Peut-être pas, mais le calme mêlé d'humour dont elle avait fait preuve l'avait considérablement aidé à aller de l'avant.

À ce stade de ses pensées, il se passa la main sur le visage. Avoir embauché quelqu'un qui vivrait sous son toit n'était pas une bonne idée. Surtout ce quelqu'un.

— Voulez-vous un verre de vin ? lui demanda-t-il, désignant celui qu'il avait posé sur la table.

Ollie fronça le nez.

— Je ne devrais pas...

Elle était sans doute en train de se demander si partager un verre de vin avec son employeur était très professionnel, aussi insista-t-il d'un ton rassurant :

— La journée a été longue, Mat est en train de dormir, donc vous pouvez maintenant vous accorder un moment de détente.

Il n'en fallut pas plus pour convaincre Ollie qui hocha la tête et traversa la pièce pour s'asseoir en face de lui. Bo repartit vers la cuisine chercher un verre de vin qu'il remplit et lui tendit.

— Merci, lui dit-elle en souriant.

Puis elle enleva ses chaussures, se pelotonna dans le fauteuil et lâcha un soupir de bien-être avant de porter le verre à ses lèvres. Bo, qui venait de regagner sa place, n'eut que le temps de mettre la main devant sa bouche avant de bâiller.

— J'avoue me sentir à bout de forces, admit-il en grimaçant.

— Ça a été une journée assez éprouvante pour vous. Et la tension émotionnelle est bien plus dévastatrice que la fatigue physique.

La profondeur de sa voix laissait entendre qu'elle connaissait bien le sujet. Elle leva son verre et un doux sourire se dessina sur ses lèvres tandis qu'elle ajoutait :

— Toutes mes félicitations, Bo. Votre fils est adorable.

En entendant ces mots, il ressentit une bouffée de fierté et sourit à son tour.

— Je ne chercherai sûrement pas à prétendre le contraire. Mais... je n'aurais jamais imaginé qu'un bébé représente autant de travail !

— Mat vient tout juste d'arriver, donc c'était une première journée fertile en expériences. Avec le temps, tout ce qui vous a paru rude aujourd'hui deviendra une sorte de routine.

C'était là tout ce qu'il espérait, sans quoi il passerait les vingt prochaines années à courir dans tous les sens à longueur de temps. Et pour quelqu'un qui, comme lui, aimait avoir le contrôle sur tout ce qui l'entourait, c'était là une perspective terrifiante.

Son regard se posa sur les pieds fins et élégants de la toute nouvelle nourrice. Les ongles de ses orteils, couverts de vernis d'un rose éclatant, semblaient scintiller. Alors qu'il avait en face de lui une jeune femme à la fois attirante et intelligente, il se sentait exténué. Qui plus est, ils avaient passé la journée à aborder un seul et unique sujet : les besoins d'un bébé.

Quarante-huit heures plus tôt, il était un concepteur de yachts très sollicité qui entretenait avec son travail une relation fusionnelle. Du jour au lendemain, cet homme d'affaires était devenu papa.

Se laissant aller contre le dossier du confortable fauteuil en cuir, Bo posa son verre sur sa cuisse.

— En fait… je ne vous ai pas fait passer d'entretien, ce matin, observa-t-il, repensant au déroulement de sa journée pour le moins chargée.

— Vous voulez dire par là que vous n'avez toujours pas décidé si vous m'embauchiez ou pas ?

Il crut percevoir une pointe de raillerie dans ces mots, sans en être toutefois certain, car il n'avait pas l'habitude qu'on s'adresse à lui de cette façon.

— Non, voyons ! répliqua-t-il aussitôt. Il va de soi que je vous confie le poste.

Il vit alors les lèvres de la jeune femme se retrousser en un sourire en coin et comprit que sa première impression était la bonne : Olivia Cooper s'était bel et bien moquée de lui en faisant mine de lui poser la question. C'était tellement étrange qu'une personne de cette taille ne se laisse pas impressionner par sa stature, sa position sociale…

— Est-ce qu'il vous arrive d'être intimidée par quelqu'un ? lui demanda-t-il alors, sans hésiter.

Elle réfléchit, puis repoussa ses cheveux en arrière avant d'acquiescer.

— En toute honnêteté ? Oui, par ma mère.

Ollie regarda autour d'elle avant d'ajouter :

— Vous avez pu constater aujourd'hui que j'étais quelqu'un d'assez réactif, apte à prendre rapidement les choses en main et à m'organiser. Eh bien, multipliez ces facultés par mille et vous aurez un aperçu de ma mère ! Elle a travaillé à plein temps comme expert-comptable tout en élevant quatre garçons et une fille. Ce, en s'investissant à deux cents pour cent dans chacune de ces tâches.

À sa façon d'en parler, il était évident qu'Ollie aimait sa mère. Mais il décelait dans sa voix une sorte de défi et devinait qu'il leur arrivait de ne pas toujours être d'accord sur tout. Il choisit cependant de ne pas insister sur le sujet, vu qu'il n'aimait pas lui-même qu'on lui pose des questions trop intimes sur sa famille.

— Vous avez quatre frères ? lui demanda-t-il donc.

Elle but une autre gorgée de vin, et hocha la tête.

— Quatre frères aînés, un peu trop autoritaires et hyper protecteurs à mon goût. Je suis la cadette.

Si elle avait grandi avec cette fratrie et une mère au caractère bien trempé, il comprenait mieux maintenant qu'elle ne soit pas intimidée par sa présence. Ce qu'il trouvait d'ailleurs plutôt agréable, car être entouré de gens qui prenaient toujours soin de se tenir à distance s'avérait souvent ennuyeux, inutile, et surtout frustrant. Soit, il était grand, bien bâti et pas toujours souriant, mais il ne se sentait pas pour autant prêt à mordre tous ceux qui l'approchaient ! Il attendait de ses employés un travail de qualité pour lequel il veillait à ce qu'ils soient bien rémunérés. Quand il n'était pas satisfait d'eux, il n'hésitait pas à le leur dire, sans pour autant perdre patience, et il ne leur en tenait jamais rigueur.

Bo s'aperçut soudain qu'il était affamé. Il lança un regard vers la cuisine, puis baissa les yeux sur sa montre. Il était plus de 21 heure, et il ne se sentait pas plus la force de cuisiner que de manger dehors, ce soir.

Fini, mon vieux ! Tu ne peux plus décider de but en blanc d'aller au restaurant.

Ollie regarda elle aussi sa montre et sourit.

— J'ai commandé deux pizzas : l'une jambon-fromage, l'autre aux légumes. Elles devraient être livrées dans une dizaine de minutes.

Le sourire la jeune femme s'élargit tandis qu'il ouvrait grand les yeux, manifestement sidéré.

— Pendant que vous étiez en train d'essayer de sécher et de rhabiller Mat, je me suis dit que nous n'aurions ni l'un ni l'autre le temps – et encore moins l'envie ! – de préparer à dîner. J'avais très faim, j'ai pensé que vous aussi, sans doute, et donc j'ai appelé une pizzeria, me disant que c'était une option simple vu qu'il est rare de rencontrer des gens qui n'aiment pas la pizza.

Sa façon de prendre en main les choses basiques était vraiment impressionnante. Il ne résista cependant pas au plaisir de la taquiner :

— Et si j'étais intolérant au gluten ?

Ollie commençait à lever les yeux au ciel quand elle sembla se rappeler que cet homme-là était son employeur, et se contenta de hausser une épaule. Bo, qui n'avait rien perdu de la scène, réprima une petite grimace de satisfaction. Cette nouvelle nourrice n'était apparemment ni trop respectueuse, ni trop réservée, ce qui lui convenait à merveille.

Souriant de nouveau, Ollie déclara alors :

— Je vous ai vu tout à l'heure mettre un biscuit dans votre bouche, j'en ai donc déduit que ce n'était pas le cas.

— Ma foi... bon argument ! grommela-t-il.

À l'expression de son regard, elle devina cependant qu'il était plutôt amusé.

Et c'était vrai, Ollie Cooper l'amusait. Depuis quand n'avait-il pas croisé sur sa route une femme qui le surprenne, lui donne envie de rire. Il ne s'en souvenait plus, mais cela remontait à bien longtemps. Espérant que la commande ne tarderait pas à arriver, il se dirigea vers la cuisine où il avait laissé la bouteille de vin.

— Je vous ressers ? proposa-t-il à la jeune femme dont le verre était à moitié vide.

— Non, je vous remercie. Je ne tiens pas bien l'alcool et en général un verre me suffit amplement. D'ailleurs, je ne le finirai peut-être pas.

Bo, lui, se resservit et avança vers la fenêtre, d'où il contempla la vue fantastique sur le détroit d'Øresund. Puis il ouvrit la vitre et inspira une bouffée d'air tiède avant d'observer les lumières d'un chalutier qui se déplaçait sur l'eau.

— Comment êtes-vous devenue nourrice ? demanda-t-il alors à Ollie. Si mes souvenirs sont bons, j'ai lu sur votre CV que vous aviez une formation assez approfondie en comptabilité. C'est bien ça ?

Il se tourna vers elle au moment où les traits de son visage se tendaient.

— Vous n'aimez pas les chiffres ? insista-t-il.

Elle hésita un instant avant de lui répondre :

— Quand j'ai quitté l'université, une fois mon diplôme en poche, j'ai eu envie de voyager. Et dans la mesure où il fallait que je subvienne à mes besoins, j'ai postulé dans une agence, celle de Sabine du Foy. J'ai d'abord gardé les enfants de sa sœur pendant plus d'un an. Sabine, comme vous pouvez l'imaginer, a des relations un peu partout en Europe. Après cette première expérience très enrichissante, je suis partie en France m'occuper des enfants d'une famille célèbre. Voilà maintenant cinq ans que j'exerce ce métier, donc j'ai travaillé pour de nombreuses personnes.

— Dont vous gardez de bons souvenirs ?

Après une brève pause, elle acquiesça.

— Pour la plupart, oui. Exception faite d'une ou deux expériences moins agréables. Ce sont des choses qui arrivent...

Dans quelle catégorie le classerait-elle, lui, quand elle partirait ? Il se rappela soudain un détail de son échange avec la directrice de l'agence.

— Mme du Foy m'a dit que j'avais de la chance d'avoir affaire à vous et m'a précisé que vous n'acceptiez pas des missions de plus de trois mois. Pour quelle raison ?

Ollie se redressa aussitôt sur son siège et se leva, le visage fermé. Bo remarqua aussitôt ce changement dans son attitude. Dans l'ensemble, tout s'était plutôt bien passé depuis l'arrivée de la jeune femme, mais la question qu'il venait de lui poser – et qu'il aurait dû lui poser le matin même, au cours de cet entretien qui n'avait pas eu lieu – semblait avoir eu sur elle un effet assez violent. Et il tenait à en connaître les motifs.

Elle vida d'une traite son verre de vin et le reposa d'un geste sec sur la table. Il constata alors que l'aspect lumineux de son regard avait disparu.

— Je refuse des missions plus longues pour éviter de m'attacher, déclara-t-elle d'une voix tendue.

Plaquant un sourire sur ses lèvres, elle ajouta :

— Je vais me laver les mains, maintenant. Les pizzas ne devraient pas tarder à arriver. Si ça ne vous ennuie pas, je prendrai une petite part et j'irai me coucher. La journée a été très longue...

Bo la regarda s'éloigner. Elle marchait le dos droit, en ondulant des hanches. S'il ne lui avait pas posé cette dernière question, ils auraient dîné ensemble en bavardant de choses et d'autres, auraient appris à se connaître. Mais sa curiosité avait écarté cette possibilité, et ce n'était peut-être pas plus mal.

Olivia Cooper était son employée, se répéta-t-il pour la énième fois. Elle était là pour s'occuper de son fils, pas de lui, donc autant garder ses distances.

Autant éviter aussi d'imaginer son corps nu sous les vêtements, tout comme le contact de ses lèvres sur les siennes, et la douceur de ses cheveux sous ses doigts.

Continue, Sorenson ! Tu tiens vraiment à compliquer un peu plus encore une situation qui n'est déjà pas des plus simples ?

5

Dans le jardin situé à l'arrière de la cuisine, Ollie prit place sur la couverture où elle avait préalablement installé Mat. Le petit garçon, en position assise, mastiquait avec application un anneau de dentition. Elle l'avait entendu se réveiller ce matin-là aux alentours de 6 heures. Après avoir changé sa couche, elle lui avait préparé un biberon qu'il avait englouti en un rien de temps.

Comme l'adorable bambin semblait apprécier son nouvel environnement, Ollie déploya devant elle un tapis de yoga et décida de s'accorder une petite séance de cette discipline qui avait toujours sur elle un effet apaisant. Mais, ce matin, son esprit en ébullition l'empêchait de se concentrer sur ses mouvements. Elle prit une profonde inspiration pour calmer sa nervosité. Elle regrettait de ne pas avoir répondu avec plus de sang-froid à la question que lui avait posée Bo sur ses réticences à accepter des contrats longue durée. D'ordinaire, elle expliquait qu'elle préférait assurer la transition lorsqu'une ancienne nounou devait être remplacée par une nouvelle. Bo était la première personne à qui elle avait avoué ce qui motivait cette décision : elle préférait ne pas rester longtemps auprès des enfants par crainte de trop s'attacher à eux. Jamais elle n'avait prononcé ces mots à voix haute.

Des souvenirs, à la fois doux et cruels, remontèrent soudain à la surface. Ollie avait adoré travailler pour les Friedman, une famille parfaite, composée de trois enfants âgés de moins de dix ans. La maman occupait la fonction d'avocate spécialisée dans les droits de l'homme, et le papa celle de cardiologue. Les garçons, bien que très espiègles, étaient gentils, mais Ollie avait développé une affection sans bornes pour la petite Rebecca, âgée de seulement quatre ans.

À la fois vive et sérieuse, elle posait des questions d'une profondeur inouïe et se montrait toujours très câline. Becca aimait tout le monde, tout le monde l'aimait et, pour Ollie, elle était la petite fille la plus adorable qu'elle ait connue. La famille habitait une ravissante maison à Bruges où Ollie disposait de tout un étage pour elle. Elle avait adoré séjourner dans cette ville où elle s'était liée d'amitié avec plusieurs personnes.

Puis, la situation avait pris un tournant tragique quand Ollie avait suggéré de faire passer des examens à la petite Rebecca parce qu'elle lui paraissait manquer d'énergie. Après de nombreuses analyses, le pire des diagnostics était tombé : la petite fille était atteinte d'un cancer du cerveau incurable. Au mieux, il lui restait un an à vivre. Déjà très proche de la famille, Ollie en devint un membre à part entière. Pour Johannes et Petra, elle était la seule personne capable de comprendre leur détresse devant ce coup du sort. À mesure que la maladie progressait, les liens entre Ollie, la petite fille et ses parents, devinrent indestructibles. Elle passait le plus de temps possible au chevet de la malade pour emmagasiner le plus de souvenirs possibles de ce petit être qu'elle aimait tant.

Pendant huit longs mois, seuls les Friedman existaient pour elle, et leur maison était devenue le seul endroit où elle souhaitait vivre. Elle avait cessé d'appeler Fred, son fiancé, et ses liens avec sa famille s'étaient distendus. Tous, ainsi que Sabine, n'avaient cessé de l'alerter sur le fait qu'elle s'impliquait beaucoup trop, mais elle n'avait qu'une idée en tête : accompagner Becca jusqu'au bout. Ce qu'elle fit, tout en apportant un soutien indéfectible à ses parents dévastés. Ces derniers vivaient une épreuve des plus atroces dont ils ne se remettraient sans doute jamais.

Sabine avait entrepris le voyage jusqu'à Bruges pour lui parler, l'exhorter à prendre un peu de repos, mais Ollie avait refusé.

Puis, lorsque Becca avait rendu son dernier souffle, Ollie avait senti que quelque chose en elle mourait également. Une semaine à peine après l'enterrement, une conversation avec Johannes et Petra l'avait déchirée...

— Mademoiselle ?

Tirée de ses sombres réminiscences par une voix inconnue, Ollie se redressa pour planter son regard dans celui de la femme qui venait de se matérialiser à son côté. Un regard d'un bleu intense.

— Je me demandais si vous souhaitiez prendre un petit déjeuner, lui dit la nouvelle arrivée avec amabilité.

— Je suis désolée... mais qui êtes-vous ?

— Greta Jensen, la gouvernante de Bo, répondit l'inconnue en se penchant devant le garçonnet à qui elle adressa un sourire. Et voici donc le petit Mat. C'est fou comme il ressemble à son père.

Ainsi, Bo avait informé sa gouvernante de l'existence d'un fils, mais il avait omis de prévenir Ollie de la présence de cette femme chez lui. La communication entre eux allait devoir s'améliorer. Et où se trouvait le maître des lieux à cet instant précis ?

— Je suis Ollie, la nounou de Mat, finit-elle par dire pour se présenter.

L'intrusion de cette inconnue la dérangeait, car elle aurait aimé s'exercer davantage sur son tapis de yoga pour apaiser les tensions qui l'habitaient.

— Voulez-vous que j'emporte le petit avec moi à l'intérieur ? demanda Greta. Je l'installerai dans sa chaise et il me tiendra compagnie pendant que je m'occuperai du petit déjeuner de Bo, et du vôtre aussi, si vous le souhaitez.

Du fait de sa longue expérience de nounou, Ollie savait qu'il était dans son intérêt d'accepter toute aide susceptible de lui être offerte. Et, depuis son tapis de yoga, elle pourrait garder un œil sur Mat, puisque la chaise haute se trouvait dans son champ de vision. Ainsi, si le petit manifestait la moindre nervosité, elle serait en mesure d'intervenir aussitôt.

— C'est formidable. J'accepte volontiers, merci.

La gouvernante hocha la tête en souriant, puis souleva le petit Mat et le cala contre sa hanche. Visiblement, elle ne manquait pas d'expérience, comme elle le lui confirma par ces mots :

— J'ai élevé quatre enfants, lesquels m'ont donné six petits-enfants.

— C'est vous qui devriez être la nounou de Mat !

— Je travaille à mi-temps pour Bo, quelques jours par semaine, précisa Greta. Et, bien que j'adore les enfants, je suis ravie de ne plus avoir à m'en occuper quand j'en ai assez.

Voilà qui expliquait le choix de son employeur...

Ollie suivit des yeux la gouvernante tandis qu'elle emportait Mat dans la cuisine, puis reprit ses exercices de yoga. Au bout de quelques minutes, elle sentit sa respiration s'apaiser et ses muscles se relâcher. Elle commençait à tirer des bénéfices de sa séance quand le bruit d'une porte située sur le côté de la maison attira son attention. Bo venait de la franchir, en tenue de sport. Il portait un T-shirt moulant et un short qui dévoilait de longues jambes aux muscles ciselés.

Jusque-là, elle ne s'était pas vraiment rendu compte du physique exceptionnel dont cet homme était doté. Il avait une allure des plus athlétiques, les épaules larges et des muscles saillants. Sous le T-shirt, elle devinait des abdominaux merveilleusement dessinés. Sans doute son torse était-il couvert d'un duvet aussi blond que ses cheveux... À cette pensée, une vague de chaleur la submergea. Cet homme au charme fou l'attirait comme un aimant.

Saurait-elle résister à la tentation ?

— Bonjour, lui dit-il en approchant de l'endroit où elle se tenait.

— Bonjour, répondit-elle d'une voix un peu rauque.

— Où est Mat ?

— Avec Greta.

Il hocha la tête, puis contempla Ollie de la tête aux pieds. Comme son regard glissait sur sa poitrine, son ventre, ses jambes, elle le vit déglutir et comprit qu'elle lui offrait un tableau qui lui plaisait, de toute évidence. Voilà qui risquait de compliquer la situation. Tous deux ressentaient une vive attirance l'un vis-à-vis de l'autre, cela ne faisait pas l'ombre d'un doute. Ollie, qui avait espéré que leur relation demeure strictement professionnelle, commençait à en douter.

Le désir qui s'était emparé d'elle la terrorisait. Elle avait terriblement envie d'embrasser cet homme fascinant, de glisser ses mains sur les muscles saillants de son torse.

De toute évidence, Bo n'en menait pas plus large qu'elle, comme en témoignèrent les propos qu'il lui tint ensuite.

— Nous allons devoir lutter contre notre attirance mutuelle, pour ne pas compliquer la situation.

Ollie hocha la tête d'un signe d'assentiment. Elle appréciait l'honnêteté dont Bo faisait preuve en avouant l'effet qu'elle produisait sur lui.

— Oui, vous avez raison. Je ne dors pas avec mes employeurs.

— Et je ne dors pas avec mes employés.

Ollie croisa les bras pour se donner une contenance. Elle ne se reconnaissait plus. Elle avait l'impression que son corps était sur le point de s'embraser à la moindre étincelle.

Les yeux rivés sur Bo, elle vit que, tout comme elle, il prenait une profonde inspiration pour tenir à distance les pulsions qui l'animaient. Quand, enfin, le charme fut rompu, Ollie revint à elle. Elle entendit Greta parler à Mat qui riait dans la cuisine.

L'heure était venue pour elle de s'occuper du petit garçon, lui préparer son petit déjeuner et instaurer pour lui une routine qui aurait pour effet de le rassurer. Elle n'avait rien à faire dehors, auprès de cet homme qui était son employeur. Il la rémunérait royalement pour qu'elle prenne soin de son enfant et non pour qu'elle fantasme sur lui.

S'écartant de Bo pour regagner la maison, elle dit :

— Si vous voulez bien m'excuser, monsieur Sorenson...

— Écoutez, Ollie, il est inutile de nous montrer aussi formels.

Elle lui adressa un faible sourire.

— Je crois au contraire... que cela nous aiderait.

Sur ces mots, elle s'éloigna, persuadée du bien-fondé de garder ses distances avec son employeur, avec qui elle se devait d'entretenir une relation strictement professionnelle.

Elle poursuivait aussi un autre objectif, celui de ne pas s'attacher au petit garçon qui lui était confié.

Deux nuits plus tard, Bo tentait de calmer les pleurs de Mat en le berçant dans ses bras. Il arpentait le salon de long en large en espérant réussir ainsi à l'apaiser. C'était le jour de congé d'Ollie et son tour de veiller au bien-être de son fils. Jusque-là, il avait changé sa couche, l'avait nourri et promené sans obtenir le moindre résultat. Il était plus de 3 heures du matin, et Bo n'avait dormi qu'une heure. Plus tard, ce jour-là, il devait rencontrer un client important pour parler avec lui des changements apportés à la conception de son yacht de course. Malheureusement, en raison de l'arrivée de Mat dans sa vie, il n'avait pas consacré assez de temps à ce projet. L'entrevue à venir risquait de ne pas très bien se passer, mais Bo ressentait trop de fatigue à cet instant précis pour s'en inquiéter.

Il avait entendu dire qu'élever des enfants n'était pas facile et il en faisait la cruelle expérience. Comment pouvait-on réussir une telle mission sans perdre la tête ? Sa vie passée lui manquait, son sommeil aussi, le travail qui l'occupait, les décisions qu'il prenait sans avoir à se soucier des conséquences pour d'autres personnes que lui.

Baissant les yeux sur le visage ravagé de larmes de son fils, il ressentit une pointe de culpabilité et un élan d'affection. Ses parents lui en avaient voulu d'exister, sans pour autant l'avouer, malgré l'aide précieuse que leur apportaient les différentes nounous à leur service. Il s'était toujours senti de trop, comme un intrus.

Jamais son fils ne ressentirait pareil rejet, se promit-il. Il lui apporterait tout l'amour qu'il était en droit de recevoir. Et si cela impliquait des nuits sans sommeil, des rendez-vous clients bâclés, il en assumerait l'entière responsabilité. Il se savait capable de mener à bien sa mission de père. Mission qu'il accomplirait seul. Même s'il avait failli compromettre sa liberté en cédant au désir que lui inspirait Ollie, il veillerait à ce que la situation ne lui échappe pas. Il ne permettrait pas à cette jeune femme de troquer son rôle de nounou pour celui de mère pour Mat. Pas question de transformer son contrat de deux mois en un emploi à long terme. Il ne laisserait personne interférer dans sa vie, pas plus qu'il ne se départirait de sa carapace.

Il avait souhaité recevoir de l'amour autrefois. En vain. Jamais il ne se ferait à nouveau prendre dans le piège des sentiments. Le rejet faisait mal et, ne pas être suffisamment aimé, voire pas du tout, le détruirait. Pas question de vivre une telle expérience.

— Je t'en prie, arrête de pleurer, Mat, souffla Bo dans les cheveux fins de son fils. S'il te plaît, arrête.

Sur ces mots, il le redressa dans ses bras, le serra contre lui en lui tapotant le dos gentiment. Ce changement de position sembla l'apaiser. Il ouvrit grand la bouche pour bâiller, mais très vite les pleurs reprirent de plus belle.

— Seigneur, gémit Bo en reprenant ses allées et venues dans le salon.

— Pas de résultat, n'est-ce pas ? entendit-il soudain dans son dos.

Ollie venait de se matérialiser dans l'entrebâillement de la porte, vêtue d'un léger peignoir au-dessus d'un pyjama à jambes courtes. Elle était pieds nus, ce qui lui permit de voir qu'elle portait une chaînette autour de la cheville gauche. Des mèches de cheveux indisciplinés lui masquaient en partie le visage. De toute évidence, elle sortait du lit.

— Désolé, je pensais que les pleurs de Mat ne réveilleraient personne dans cette vaste maison, dit Bo en la regardant venir vers lui.

Une délicieuse odeur de shampoing lui chatouilla les narines quand elle le rejoignit. Voilà qui risquait de nuire à sa capacité de concentration.

Ollie plaça une main sur le front du bébé et secoua la tête.

— Je ne crois pas qu'il ait de la fièvre. Il n'est pas malade.

— Pourquoi pleure-t-il alors ? demanda Bo.

— Ce sont ses dents qui le font souffrir, expliqua Ollie en glissant un doigt entre les lèvres du bambin qui, curieusement, la laissa faire.

— Je confirme, précisa-t-elle en hochant la tête. Ses gencives sont gonflées. Nous pourrions lui administrer un analgésique faiblement dosé, si cela vous convient.

— Vous avez apporté des médicaments ? s'étonna Bo en suivant la jeune femme jusqu'à la chambre du petit.

Quand elle se tourna vers lui avec un sourire lumineux sur le visage, il fondit devant le charme qu'elle dégageait.

— Je me suis procuré tout le nécessaire pour m'occuper de Mat. N'avez-vous pas vu le montant de mes achats ?

Bo n'avait guère accordé d'importance à ce détail. Il possédait beaucoup d'argent et, à cet instant précis, si cela pouvait servir à guérir Mat et à l'endormir, il dépenserait autant que nécessaire.

Ollie se rendit dans la salle de bains attenante à la chambre du bébé, et il l'entendit ouvrir et refermer des tiroirs. À son retour, elle tenait dans la main une petite seringue remplie d'un liquide opaque qu'elle introduisit dans la bouche de Mat.

— Ce médicament devrait agir rapidement, lui dit-elle.

En effet, très vite, Bo sentit son fils se détendre dans ses bras. Quand ses pleurs se tarirent, il plongea son regard dans celui d'Ollie.

— Je ne savais vraiment pas quoi faire. Et si vous n'aviez pas été là ?

— Vous auriez trouvé une solution, le rassura-t-elle. Vous auriez consulté Internet, appelé un médecin ou couru aux urgences. Vous auriez su gérer la situation. Je crois en vous.

« Je crois en vous. »

Quatre petits mots que seul son grand-père lui avait adressés de son vivant. Comme à cette époque, il se sentit ragaillardi et apaisé.

Ces mots prononcés par les lèvres de cette femme avaient provoqué en lui une émotion forte. Qu'elle le juge à la hauteur l'avait ému. C'était une sensation dérangeante, car il ne voulait ressentir que du désir pour elle, pas de sentiments.

Une fois qu'il eut reposé Mat dans son lit, Bo suivit Ollie dans le couloir et lui agrippa le poignet. Elle se retourna pour lui faire face, et l'expression inscrite dans son regard lui confirma ses soupçons. Tous deux partageaient la même émotion. Il décela dans ses yeux un mélange de désir et de confusion mêlé d'effroi. Ollie le scrutait avidement, les lèvres entrouvertes. Visiblement, elle attendait de lui qu'il parle le premier. Ce que Bo finit par faire, mais les mots qu'il prononça échappèrent à son contrôle.

— Je sais que rien ne doit se produire entre nous, mais... si je ne goûte pas, ne serait-ce qu'une fois, la saveur de vos lèvres, je vais devenir fou.

Ollie savait que Bo attendait une invitation de sa part. Elle savait également que si elle refusait de l'embrasser, il se soumettrait à sa décision et ne tenterait plus jamais l'expérience...

Elle, si lucide en temps normal, comment pouvait-elle se retrouver en pleine confusion ? Une seule chose comptait à cet instant précis : que les lèvres de Bo emprisonnent les siennes en un baiser passionné. Alors, pour l'encourager, elle posa une main dans son cou puis, se hissant sur la pointe des pieds, posa l'autre main sur son torse et ses lèvres sur sa bouche. Pendant une fraction de seconde, elle craignit d'avoir commis une énorme erreur, parce que Bo demeura de marbre. Mais très vite, leur baiser devint fougueux.

Pas assez pour satisfaire ses ardeurs, toutefois. Ollie avait besoin de sentir son corps contre celui de Bo, ses mains sur sa peau, son sexe en érection contre son ventre.

Comme s'il avait lu dans ses pensées, il la souleva de terre, l'invitant à entourer son bassin de ses jambes. Quand elle sentit les mains masculines se frayer un chemin sous l'étoffe de son pyjama, elle étouffa un gémissement. À son tour, elle glissa les siennes sous la chemise de Bo pour savourer la texture de sa peau.

— Vous êtes si belle... l'entendit-elle murmurer contre ses lèvres.

— Embrassez-moi encore, Bo, supplia-t-elle.

Il posa son front contre le sien, puis doucement, relâcha son étreinte. Quand elle eut reposé les pieds à terre, il l'enlaça tendrement.

— Je ne peux pas, avoua-t-il d'une voix incertaine. Si je pose à nouveau mes lèvres sur les vôtres, je ne pourrai pas résister à la tentation de vous prendre, là, contre ce mur.

Déconcertée, Ollie le fixa intensément.

— Olivia, insista-t-il, vous savez bien que c'est impossible.

Pourquoi ? Il n'y avait personne dans la maison, excepté Mat qui dormait profondément.

Seigneur, Ollie commençait à perdre la tête. Un baiser avait suffi pour qu'elle meure d'envie de coucher avec cet homme qui n'était autre que son employeur et qui lui versait un salaire pour qu'elle s'occupe de son fils.

Le souffle court, elle ferma les yeux et laissa tomber ses mains le long de son corps. Elle venait de faire preuve d'un manque de professionnalisme édifiant. Si Sabine venait à apprendre ce qui s'était passé, aussi compréhensive soit-elle, elle la licencierait. Heureusement, sa carrière n'en serait pas pour autant brisée, puisqu'elle était vouée à exercer un tout autre métier, même si elle répugnait à s'y résoudre.

Quoi qu'il en soit, tu ne dois pas coucher avec ton client, Olivia.

Très bien, elle essaierait de ne pas céder à la tentation.

Ce ne serait pas facile, car jamais elle n'avait ressenti un tel embrasement des sens au contact d'un homme. Il lui suffisait de contempler le visage de Bo, de plonger son regard dans le sien, pour qu'une intense chaleur l'irradie tout entière.

Elle avait l'impression de brûler de l'intérieur.

Que lui arrivait-il ? Quelque chose s'était-il détraqué dans son cerveau ?

— Nous ne pouvons pas aller plus loin, Ollie, reprit Bo. Nous avons commis une erreur.

Une erreur. De tous les mots qu'il aurait pu prononcer, il avait choisi le plus blessant. C'était ainsi que ses parents avaient qualifié son désir de parcourir le monde. Fred avait employé le même mot quand il avait rompu leurs fiançailles. Sabine avait elle aussi qualifié d'erreur l'attachement qu'elle avait ressenti pour la petite Rebecca.

Erreur. Erreur. Erreur.

Elle en avait commis un si grand nombre, parmi lesquelles avoir cru en Fred et accepté de rejoindre l'entreprise familiale au bout de cinq ans. Non, elle ne devait pas songer au passé à cet instant précis. Inutile d'ajouter d'autres larmes à celles provoquées par cet intermède embarrassant.

Ollie baissa les yeux pour que Bo ne perçoive pas l'émotion qui l'étreignait. Serrant les dents, elle se concentra sur sa respiration, puis affronta à nouveau le regard de son employeur. Dès le lendemain, elle se mettrait en quête d'une nounou pour la remplacer auprès de Mat. Il fallait à tout prix qu'elle trouve une occupation susceptible de lui faire oublier ce qui venait de se produire.

Redressant les épaules, elle força un sourire sur ses lèvres.

— Ceci n'aurait jamais dû se produire, mais peut-être pouvons-nous l'oublier ?

Impossible, lut-elle dans les yeux de Bo, mais jouant le jeu, il dit :

— Nous pouvons essayer, en effet.

6

Quelques jours plus tard, posté à la fenêtre de son bureau, Bo observait Ollie tandis qu'elle effectuait sa séance de yoga quotidienne. Assis près d'elle, Mat ne la quittait pas des yeux. De temps à autre, elle interrompait ses exercices pour lui tendre un jouet ou parler avec lui. Elle faisait preuve d'une patience inouïe à l'égard du bambin, et Bo lui en était reconnaissant.

Dans sa tenue légère, un T-shirt ajusté et un short moulant, elle offrait un tableau terriblement sexy. La gorge serrée, Bo ne parvenait pas à défaire son regard de ce corps si attirant, qu'il brûlait de parcourir de ses mains, de ses lèvres. Il fallait pourtant qu'il lutte contre le désir qu'elle lui inspirait. S'il l'embrassait à nouveau, il courait le risque d'atteindre un point de non-retour. Ollie semblait ressentir le même élan à son égard, et il ne pouvait guère compter sur elle pour qu'elle résiste à la tentation.

Se forçant à détourner les yeux, Bo se dirigea vers la planche à dessin située dans un angle de son bureau. Un travail important l'attendait, mais il avait déjà accumulé beaucoup de retard sur le projet qu'il devait mener à terme. L'arrivée de Mat chez lui deux semaines auparavant l'avait obligé à revoir ses priorités. Il fallait que son fils s'habitue à lui et que tous deux apprennent à se connaître.

Soudain, son téléphone se mit à vibrer sur le bureau. Quand il vit qui l'appelait – sa mère – Bo ébaucha une grimace. Bientôt, il serait contraint de lui apprendre qu'elle avait un petit-fils. Nouvelle qui ne manquerait pas de la contrarier, il le savait. Dénuée d'instinct maternel, elle n'accorderait pas plus d'attention à ce garçon qu'elle n'en avait accordé à son propre fils.

Il salua celle qu'il appelait Bridget depuis ses dix ans, époque à laquelle elle lui avait demandé de cesser de l'appeler maman. Puis, se passant une main dans le cou, il l'écouta lui relater par le menu le dernier contrat juteux qu'elle avait signé. Mais honnêtement il s'en moquait éperdument.

— Et toi ? demanda-t-elle quand elle eut terminé le récit de ses exploits. Penses-tu atteindre tes objectifs pour le troisième trimestre ?

Il n'en avait pas la moindre idée. Probablement. Son expert-comptable ne l'avait alerté sur aucune difficulté à prévoir.

— Les affaires vont bien, Bridget, dit-il en jetant un regard torve sur le chevalet où trônait l'ébauche de son dernier projet.

— Tu as l'air distrait, Bo, remarqua-t-elle. Cela ne te ressemble pas. Que se passe-t-il ?

Bo n'avait pas l'intention de lui révéler l'existence de Mat au téléphone. Non, mieux valait la préparer à l'aide d'un ou deux martinis à l'idée d'être grand-mère.

— Je vais bien. Je suis très occupé, c'est tout.

Elle demeura silencieuse, comme à son habitude, pour obliger son fils à combler les blancs, mais il ne se laisserait pas faire. Il ne tombait plus dans ce piège depuis ses huit ans. Quand il entendit Bridget émettre un soupir, il imagina ses yeux bleus se plisser de frustration. Elle n'aimait pas son fils, pas plus qu'elle n'appréciait l'homme qu'il était devenu.

Bo lui en voulait de ne jamais avoir cherché à développer le moindre lien avec lui.

— Bon, je suppose que je te verrai au bal, ce soir ? s'enquit Bridget d'une voix crispée.

Le bal ? Quel bal ?

— Désolé, de quoi parles-tu ?

— Chéri, intervint Bridget de ce ton plaintif qu'elle utilisait souvent avec lui, c'est l'événement social à ne pas manquer de la saison, et le dernier avant que tout le monde parte en vacances d'été. Tu as répondu à l'invitation il y a plusieurs mois. Je le sais parce que j'ai vu la liste des invités de Freja. Tu avais même précisé que tu viendrais accompagné.

Bridget et Freja, ainsi que deux de leurs amies, figuraient parmi les doyennes de la haute société du pays et mieux valait ne pas s'en faire des ennemies. Du moins si Bo tenait à développer son chiffre d'affaires. Ces bals et cocktails l'ennuyaient prodigieusement, mais sa présence était souhaitable, car ces occasions offraient des occasions de marché non négligeables.

— Henry Foo sera là, précisa Bridget d'un ton suffisant.

Henry Foo ? Vraiment ? Le banquier de Hong Kong qui avait acquis récemment la célèbre équipe de course *Spirit of the East*. Les Sorenson et cette équipe partageaient une longue histoire. Le grand-père de Bo avait conçu l'un de leurs premiers yachts ayant remporté des victoires ; son père aussi quelques années plus tard. Si Bo parvenait à en concevoir un troisième, doté des technologies les plus récentes, la boucle serait bouclée.

— Qui t'accompagnera au bal, chéri ? Je la connais ?

Bo ferma les yeux et rejeta la tête en arrière. Il avait prévu de trouver une partenaire pour se joindre à cette réception avec lui, mais avait oublié de s'en occuper. Il ne pouvait pas se rendre seul à cet événement. Un faux pas qui ne lui serait pas pardonné.

À la fin de sa conversation avec sa mère, Bo raccrocha. En proie à une vive frustration, il étouffa un juron et se passa une main nerveuse sur le visage.

— Un problème ? demanda Ollie qui venait de se matérialiser dans le bureau.

Bo baissa les yeux sur le dossier qu'elle tenait entre ses mains et comprit qu'il s'agissait des CV de candidates au poste de nounou pour la remplacer. À cette idée, une vive douleur se propagea dans son crâne.

— Alors ? insista Ollie.

Bo jeta un coup d'œil sur son téléphone et soupira.

— J'ai besoin d'une partenaire pour un événement qui a lieu ce soir. J'avais oublié... ce qui ne me ressemble pas.

Ollie apposa sa bouteille d'eau fraîche sur son visage rougi par les exercices de yoga qu'elle venait d'effectuer.

— Ce n'est pas étonnant que vous ayez oublié. L'arrivée de Mat dans votre vie vous a amené à revoir vos priorités.

Bo secoua la tête.

— Dans d'autres circonstances, j'aurais présenté mes excuses et renoncé à me rendre à cette réception, mais je viens d'apprendre que l'hôtesse a organisé pour moi une rencontre avec un homme que je souhaite impressionner.

Ollie prit place sur le bras d'un fauteuil et croisa les jambes.

— Pourquoi souhaitez-vous impressionner cette personne ?

Comme à son habitude, Ollie se montrait directe, qualité que Bo appréciait chez elle.

— Il vient d'acquérir une équipe de course avec laquelle ma famille a entretenu de longues relations. Il veut renouveler sa flotte avec des yachts plus modernes et j'aimerais être celui à qui leur conception sera confiée. Comme ce fut le cas par le passé avec mon grand-père, puis avec mon père. Je souhaite maintenir cette tradition.

— Ah... la pression des attentes familiales, murmura Ollie en fronçant légèrement les sourcils.

Conscient de l'agacement contenu dans le ton que la jeune femme venait d'employer, Bo eut soudain envie d'en savoir davantage sur sa famille et les contraintes qu'elle vivait. Mais avant qu'il puisse l'interroger à ce sujet, elle reprit la parole.

— Il s'agit visiblement d'une occasion à ne pas manquer. Vous devriez vous rendre à cet événement.

— J'ai besoin de quelqu'un pour m'accompagner.

Ollie haussa les sourcils.

— Il me semble que vous êtes assez grand, assez vieux et assez sûr de vous pour y aller tout seul, non, Sorenson ?

À son tour, Bo fronça les sourcils, agacé par ce trait d'humour qui lui paraissait déplacé.

— J'ai dit que je viendrais accompagné.

Ollie haussa les épaules.

— Alors, débrouillez-vous pour trouver quelqu'un. Si vous me dites où se trouve votre carnet d'adresses, je me ferai une joie d'aller vous le chercher. Vu votre grand âge, vous devez en posséder un au format papier, non ?

— J'ai trente-huit ans, rétorqua Bo.

— Dix ans de plus que moi. C'est presque une génération qui nous sépare.

Le regard amusé dont Ollie l'enveloppait fit fondre son agacement, et il laissa échapper un petit rire. Chose qui lui arrivait de plus en plus souvent depuis l'arrivée d'Ollie et Mat dans sa vie jusque-là plutôt austère.

Soudain, une idée lumineuse surgit dans son esprit. La solution à son dilemme se trouvait sous ses yeux. Pourquoi irait-il chercher une partenaire alors qu'une femme sublime se tenait devant lui, à cet instant précis ?

— Puisque vous avez mis l'accent sur mon grand âge, je pense que vous pourriez m'accompagner ce soir.

Les yeux écarquillés, Ollie secoua la tête.

— À un bal ? Euh... non.

— Mais si.

Bo se voyait bien pénétrer dans le magnifique hall en marbre de Carrare au bras d'Ollie. Freja serait impressionnée par la prestance de sa partenaire. Elle ne ressemblait en rien aux blondes plantureuses qui l'accompagnaient d'habitude dans ce genre d'occasion. Des créatures superficielles qui manquaient de classe.

Leur présence ensemble à ce bal comportait toutefois un risque. Celui de briser la barrière que tous deux s'efforçaient de maintenir dans leur relation. Même si Bo en avait assez de lutter contre l'attirance qu'il éprouvait pour cette jeune femme, il avait conscience du danger auquel il allait s'exposer en s'affichant avec Ollie.

Soudain, une pensée s'insinua dans son esprit. Quelle importance après tout si tous deux vivaient une aventure ? Ollie ne s'éterniserait pas à Copenhague puisqu'elle devait rentrer à Londres à la fin de l'été. À ce moment-là, le feu qui les animait commencerait à s'apaiser, et Bo se sentirait plus en confiance pour s'occuper de Mat. Ils se quitteraient bons amis et chacun reprendrait le cours de sa vie. Pourquoi n'y avait-il pas songé avant ?

— Alors, qu'en dites-vous ? demanda-t-il.

Les bras croisés sur la poitrine, elle lui adressa un regard de reproche.

— Je suis ici pour m'occuper de Mat, Sorenson. Si je décidais de vous accompagner, qui se chargerait de votre fils ?

La solution était toute trouvée. Bo regarda dans la direction du couloir où Greta, Mat calé contre sa hanche, passait l'aspirateur.

— Greta ! cria-t-il à son attention. Pouvez-vous venir ?

La gouvernante pressa sur le bouton d'arrêt de l'appareil et vint le rejoindre.

— Oui, monsieur ?

— Pourrais-je vous demander de vous occuper de Mat ce soir si j'arrive à convaincre Ollie de m'accompagner au bal Moller ?

Les yeux de la gouvernante s'écarquillèrent, puis un grand sourire s'afficha sur son visage.

Le bal en question permettait de récolter chaque année des millions d'euros pour de bonnes causes et, le lendemain, de nombreux articles en parlaient dans la presse.

— Bien sûr ! dit Greta avec enthousiasme. C'est une occasion à ne pas rater, Ollie. Vous devez y aller !

— Je ne pense pas, non…

— Il y aura des feux d'artifice et beaucoup d'activités amusantes. Et vous aurez le plaisir de déguster un repas concocté par l'un des plus grands chefs du pays.

Ollie ne paraissait pas du tout impressionnée.

— Même si je voulais y aller, ce dont je ne suis pas sûre du tout, je n'ai rien à me mettre de convenable pour ce genre d'occasion.

Parmi les avantages dont disposaient les millionnaires, celui de compter un styliste parmi les membres de son personnel s'avérait souvent très utile. Carla, qui occupait cette fonction, se chargeait de l'achat des vêtements de Bo et s'assurait de ne jamais commettre la moindre faute de goût.

— Si la tenue ne constituait pas un problème insoluble, accepteriez-vous de m'accompagner ?

Ollie ressemblait à un cerf traqué par une horde de chasseurs. Elle arborait une expression terrifiée.

— Voyons, Bo ! Il y a sûrement quelqu'un d'autre à qui vous pouvez demander cela !

Ollie n'avait pas tort : il trouverait sans difficulté une partenaire pour l'occasion mais ne voulait pas s'y résoudre. Il désirait la présence de cette jeune femme à son côté. Il avait envie de voir la maison où se tenait le bal à travers ses yeux, la regarder s'émerveiller devant les feux d'artifice et les trapézistes recrutés pour l'événement. Devenu blasé et plutôt cynique avec le temps, pour avoir assisté de nombreuses fois à ce genre de réjouissance, il espérait voir les choses différemment cette fois, grâce à Ollie.

— Si vous me donnez vos mesures, reprit Bo, ma styliste vous proposera plusieurs modèles et vous choisirez celui qui vous conviendra le mieux.

— Une styliste travaille à votre service ?

Avisant le hochement de tête de son employeur, elle soupira :

— Mais oui, évidemment…

Comme elle se mordillait la lèvre inférieure, Bo dut s'empêcher de traverser la pièce pour la rejoindre et l'embrasser fougueusement. Dans sa tenue de yoga, elle était sexy en diable, et il savait qu'il en serait de même quand elle arborerait une robe de bal.

Lui résister devenant impossible, il se félicitait d'avoir pris la décision de ne plus lutter contre ses pulsions.

— Elle vous accompagnera, c'est sûr, intervint Greta avec assurance.

Bo avait oublié la présence de la gouvernante, de même que celle de Mat. Décidément, Ollie détenait un pouvoir étonnant, celui de brouiller tout ce qui les entourait et de devenir sa seule préoccupation.

Songeur, il se passa une main sur le menton. Alors qu'il croyait que l'arrivée de Mat dans sa vie bouleverserait tous ses plans, c'était en fait celle d'Ollie qui avait tout fait basculer.

Plissant les yeux, Greta tourna autour d'Ollie, puis déclara :

— Inutile de prendre des mesures. Ollie porte du 36 et chausse du 38. J'en donnerais ma main à couper.

Bo haussa les sourcils à l'attention d'Ollie qui confirma les dires de la gouvernante.

— Greta ne s'est pas trompée.

Puis, levant les mains en signe de reddition, elle ajouta :

— Bon, d'accord. Si vous lui fournissez une robe et des chaussures convenables, Cendrillon vous accompagnera au bal.

— Comptez sur votre prince charmant !

Sur ces mots, il sortit son téléphone de sa poche et composa le numéro de la styliste.

Carla fit essayer une dizaine de tenues à Ollie qui opta pour une magnifique robe blanche, sans manches et fendue sur le côté, dévoilant l'une de ses jambes. L'étoffe fluide bruissait autour d'elle tandis qu'elle tournoyait devant le miroir. La coiffeuse qui avait accompagné la styliste avait réuni ses cheveux en un chignon sophistiqué qui lui donnait une allure de princesse. Ainsi apprêtée, elle ne ressemblait plus du tout à celle qu'elle prétendait être auparavant : une nounou terre à terre, peu portée sur son apparence physique.

Toutefois, elle venait de commettre une faute professionnelle en acceptant d'accompagner Bo à ce bal. Elle avait franchi des limites inacceptables dans le cadre de ses fonctions. Mais comment aurait-elle pu agir autrement alors que son employeur l'attirait comme un aimant ?

Agacée par les pensées qui lui traversaient l'esprit, Ollie reporta son attention sur le miroir. Bo était certes l'homme le plus séduisant qu'elle ait rencontré. Il était riche, intelligent, mais aussi son employeur...

Ollie n'était pas du genre à se laisser emporter par sa libido ni à accumuler les conquêtes masculines. Elle prenait des décisions raisonnées en toutes circonstances. Il lui fallait du temps pour s'ouvrir à quelqu'un et l'autoriser à l'atteindre. Elle avait accepté de sortir avec Fred au bout de trois mois. Il lui en avait fallu deux de plus pour aller plus loin avec lui. Accepter de l'épouser lui avait demandé une longue réflexion. Après plusieurs semaines et de nombreuses nuits d'insomnie, elle avait fini par capituler et se convaincre du bien-fondé de ce mariage.

Ensuite, après avoir adoré puis perdu Becca, compris que Fred avait abusé de sa confiance et l'avait trompée, elle avait érigé autour d'elle des barrières encore plus infranchissables et s'était retranchée en elle-même. Depuis Fred, elle n'avait plus fréquenté personne.

Mais Bo avait surgi dans sa vie, et toutes ses certitudes avaient volé en éclat. Le désir s'était insinué dans ses veines, et elle avait l'impression de brûler de l'intérieur. Elle se savait affreusement vulnérable, d'où la nécessité de se tenir à distance. Fantasmer sur son employeur la rendait fébrile et, souvent, elle brûlait d'envie de sentir son souffle sur son visage, ses mains sur son corps.

Hélas, au lieu de se cantonner à son rôle de nounou auprès de son fils, elle avait accepté de l'accompagner à un bal, apprêtée comme une princesse. Pourtant, elle n'était pas du genre à perdre la tête. Peut-être ferait-elle mieux d'abandonner l'idée de le suivre, de troquer cette robe magnifique contre ses vieilles guenilles, d'effacer toute trace de maquillage et de dire à Bo qu'elle avait changé d'avis. Le monde ne cesserait guère de tourner s'il se rendait seul à ce bal. Cette idée la rendit soudain plus fébrile que jamais. Non, elle ne pouvait pas reprendre son rôle de nounou comme si de rien n'était. Elle avait terriblement envie de changer de peau, d'être la compagne de Bo, ne serait-ce qu'un soir. Pour la première fois de sa vie, elle avait envie de se transformer en un objet de désir.

7

Quand ils pénétrèrent dans le splendide hall d'accueil de la villa de Freja où devait se tenir le bal, Bo plaqua une main sur le dos nu d'Ollie et remercia le serveur qui venait de leur tendre une coupe de champagne. Il regarda la jeune femme tandis qu'elle portait le verre à ses lèvres d'une main légèrement tremblante. De toute évidence, elle manquait de confiance en elle.

Pourtant, elle ne déparait pas au milieu de toutes ces femmes sophistiquées, au contraire.

Lorsqu'ils gagnèrent le salon, Bo salua quelques connaissances avec un sourire, puis se tourna vers sa compagne. Malgré les talons vertigineux sur lesquels elle était perchée, elle lui arrivait seulement au menton. Dans ses yeux perçait une certaine nervosité.

Elle n'avait aucune raison de se sentir déplacée. La styliste avait vu juste en lui proposant cette robe blanche étincelante qui offrait un contraste des plus ravissants sur sa peau hâlée. Elle lui allait comme un gant, comme en témoignaient les regards masculins qui s'attardaient sur sa silhouette. Silhouette qu'il rêvait pour sa part de dénuder…

Ollie contempla sa coupe de champagne, puis ébaucha un sourire.

— Ceci est un très grand cru, dit-elle en hochant la tête.

Il répondit à son sourire et hocha la tête à son tour. Ollie ne se trompait pas, il s'agissait de l'un des champagnes les plus prestigieux au monde.

— Vous êtes ravissante, Olivia.

Ce à quoi elle répondit avec un haussement de sourcils.

— Olivia ?

Il haussa les épaules. Il trouvait son surnom réducteur. Olivia lui seyait beaucoup mieux.

— Comment en est-on arrivé à vous appeler Ollie ? demanda-t-il en la conduisant vers le hall de réception.

— J'ai quatre frères, alors on m'a affublée d'un surnom masculin. Mon ex-fiancé m'appelait Olivia parfois.

Ollie avait eu un fiancé ? Bo l'entraîna dans un coin de la pièce, devant une baie vitrée gigantesque décorée de rideaux en soie couleur fuchsia. Autour d'eux, de magnifiques œuvres d'art ornaient les murs, mais Bo n'avait d'yeux que pour sa compagne. Aucune toile de Rubens ou Vermeer ne rivalisait avec la splendide jeune femme en face de lui.

— Vous n'êtes plus fiancée depuis quand ? demanda-t-il d'un ton qu'il s'efforça de garder neutre.

— Depuis quelques années, répondit Ollie en fuyant le regard braqué sur elle.

Conscient du trouble qui l'agitait, Bo pencha la tête pour mieux lire l'expression peinte sur son visage.

— Que s'est-il passé ?

Jamais il n'avait éprouvé de curiosité pour le passé de ses ex-maîtresses, d'abord parce que cela ne l'intéressait pas et ensuite parce qu'il préférait les liaisons de courte durée. Curieusement, avec Ollie, la donne avait changé, et il ressentait même un peu de jalousie.

La jeune femme garda le silence quelques secondes, puis se résolut à répondre :

— Quand j'ai eu le plus besoin de son soutien, de sa présence, de son écoute, il s'est montré incapable de la moindre empathie.

La tristesse contenue dans la voix d'Ollie l'intrigua. Quelque chose d'autre que la rupture avec son ex-fiancé semblait l'avoir affectée. Elle devait avoir été blessée gravement et le comportement de son ex avait aggravé la situation au lieu de l'aider à la surmonter.

— Combien de temps a duré votre relation ?

— Nous nous sommes rencontrés en première année à l'université. Il a abandonné ses études pour rejoindre l'armée et il est aujourd'hui capitaine de grenadiers. Nous avons entretenu une relation à distance pendant pas mal de temps. C'est sans doute la raison pour laquelle nous n'avons pas rompu avant. Avec le recul, je dirais qu'en réalité nous ne nous connaissions pas très bien.

— Il n'y a qu'en vivant avec une personne que l'on apprend à la cerner. À titre d'exemple, je dirais ceci : vous habitez chez moi depuis peu de temps, mais je sais déjà qu'il vous faut trois tasses de café pour vous réveiller, que vous avez plus de patience à l'égard des enfants qu'à l'égard des adultes et que vous avez du mal à prendre une décision.

Surprise, Ollie écarquilla les yeux.

— Pourquoi pensez-vous cela ?

— Parce qu'il vous arrive souvent de regarder dans le vague et de vous mordiller l'intérieur des joues.

Les joues rosies par la confusion, elle lui parut soudain beaucoup plus jeune que son âge.

— J'ai appris pas mal de choses à votre sujet, moi aussi, répliqua-t-elle en le défiant du regard.

Décidément, Bo était sous le charme. La repartie dont Ollie était dotée le ravissait.

— Vraiment ? Quoi par exemple ?

— Vous aimez beaucoup Matheo, et les émotions qu'il provoque en vous vous effraient. Vous ne vous attendiez pas à vous attacher autant à lui. Vous pensiez que sa présence ne vous empêcherait pas de vous concentrer sur d'autres choses.

En effet, Ollie avait vu juste.

— Vous avez raison. Je ne pensais pas qu'un tel lien émotionnel nous unirait.

— C'est votre fils, Bo. Tous les parents ressentent ce genre de chose.

Pas tous, non, eut-il envie de rétorquer. Parfois, certains parents n'éprouvaient pas beaucoup d'affection pour leurs enfants. Sa mère ne l'aimait pas. Sans doute parce qu'elle était la fille unique d'un magnat des médias qui l'avait outrageusement gâtée. Quant à son père, il ne lui avait jamais consacré beaucoup de temps. Faire la fête comptait bien plus à ses yeux que s'occuper de son fils.

Cette réminiscence le poussa à prendre une décision ferme, celle de ne jamais négliger son fils comme son père l'avait fait. Matheo serait toujours sa priorité, quoi qu'il arrive. Soudain, une vague de culpabilité l'étreignit. Ne venait-il pas de rompre cet engagement en confiant son fils à Greta pour pouvoir décrocher un client ?

— Seigneur ! s'exclama Ollie devant sa mine renfrognée. On dirait que vous venez de mordre dans un citron amer ! Que vous arrive-t-il ?

— J'ai abandonné mon fils pour me rendre à un bal et y rencontrer un client, dit-il d'une voix blanche.

— Vous ne l'avez pas abandonné, mais confié aux bons soins de Greta. En quoi est-ce grave ?

— Je ne veux pas le négliger, Olivia. Jamais il ne passera au second plan. Je veux qu'il sache que je lui accorderai toujours la priorité.

Ollie posa une main douce sur son bras, un geste qui le toucha bien plus qu'il ne l'aurait imaginé.

— Bo, quand nous sommes partis, Mat dormait profondément.

Il ne sait pas que vous vous êtes absenté. Même s'il est important que vous passiez le plus de temps possible auprès de lui, vous avez tout de même le droit de vivre. Les enfants sont intelligents, ils savent ce que l'on ressent pour eux. L'absence de leurs parents ne les contrarie pas outre mesure. Il est important que vous puissiez vous échapper de temps à autre.

Penchant la tête de côté, il plissa les yeux.

— Pourquoi ?

— Parce que si vous ne vous l'autorisez pas, vous allez devenir fou. Il n'est pas sain qu'un parent qui élève seul son enfant se consacre exclusivement à cette tâche.

Il lui prit la main et la serra entre les siennes.

— Je suis vraiment heureux que vous soyez là. Sans vous, je ne m'en sortirais pas.

— Ne vous habituez pas trop à ma présence. D'ici peu, je partirai.

Avait-il vraiment perçu de la tristesse dans sa voix quand elle avait prononcé ces mots ou se faisait-il des idées ? Il n'arrivait pas à imaginer son départ, ne le souhaitait pas. Depuis son arrivée dans sa vie et celle de Mat, elle occupait une place prépondérante dont il se sentait incapable de se passer. Il aimait sa présence dans la maison. La regarder tandis qu'elle préparait son petit déjeuner ou s'exerçait dehors sur son tapis de yoga. Quand elle jouait avec Mat et éclatait de rire avec lui.

Quand il s'absentait pour le travail, il n'avait qu'une hâte, retrouver son foyer, son fils et son adorable nounou.

Aucune femme ne l'avait jamais autant intrigué. Aucune ne lui avait donné envie de gratter sous la surface pour mieux la cerner. Il avait envie de connaître son histoire, ce qu'elle aimait ou détestait, ce qui l'avait amenée à occuper cette fonction auprès de Mat et de lui.

Selon la directrice de l'agence qu'il avait contactée, Ollie figurait parmi les nounous les plus compétentes pour s'occuper de son fils, et il mesurait aujourd'hui la chance qui était la sienne. Avec elle, Mat respirait la joie de vivre. Il ne manifestait pas la moindre anxiété. L'énergie qu'elle déployait avait un effet apaisant sur son fils, mais aussi sur lui. Quand il travaillait sur un concept des plus compliqués qui lui donnait du fil à retordre, il sentait sa frustration s'apaiser en entendant les rires de son fils et de sa nounou. Aussitôt, il retrouvait son calme et sa concentration. En sa présence, il se sentait à la fois plus posé et plus efficace.

Et il aimait beaucoup cette jeune femme. Il la trouvait drôle et intelligente. Jamais intimidée par lui, elle avait un franc-parler qui le ravissait. Même quand elle lui reprochait les erreurs qu'il commettait parfois avec Mat, il ne lui en voulait pas, parce qu'elle lui apprenait les bons gestes, les bonnes attitudes. Elle faisait preuve d'une patience inouïe et l'encourageait sans cesse.

Il apprenait beaucoup à son contact. Pas seulement à répondre aux besoins de son fils, mais aussi à développer avec lui un lien émotionnel. Quand elle lui avait suggéré de passer chaque soir une quinzaine de minutes au chevet de son fils pour lui lire une histoire, il avait levé les yeux au ciel et tenté de se soustraire à cette contrainte. Mais très vite, il avait compris le bien-fondé de cette recommandation. Il appréciait à présent à sa juste valeur ce moment privilégié.

Malheureusement, elle devait sans cesse lui rappeler de câliner son fils, un geste qui ne lui venait pas naturellement. Les démonstrations d'affection, par manque de pratique, le mettaient dans l'embarras. Alors, pour s'améliorer, il observait la manière dont Ollie entourait Mat de ses bras, le serrait contre elle, l'embrassait sur les joues ou lui caressait la tête.

Au début, Bo s'était montré maladroit mais, au fil du temps, il avait progressé. Il fallait à tout prix qu'il devienne un père accompli avant le départ d'Ollie. Il était peu probable que la prochaine nounou fasse preuve d'autant de patience avec lui et que lui-même ressente la même attirance pour la nouvelle venue. S'il ne parachevait pas son apprentissage avant son départ, il se retrouverait complètement démuni.

Une question le taraudait : pourquoi fallait-il qu'elle mette un terme à son contrat à la fin de l'été ? Ne pouvait-elle vraiment pas rester plus longtemps ? Faire preuve de plus de flexibilité ? Bo désirait en savoir davantage sur Olivia Cooper, beaucoup plus que nécessaire au sujet de la femme qui veillait sur son enfant. Bien plus qu'au sujet des femmes qu'il avait fréquentées par le passé.

Soudain, un gong retentit dans la villa, et les convives se dirigèrent vers la salle à manger. Très nerveuse, Ollie voulut glisser sa main dans celle de Bo, mais ce dernier refusa de lui donner satisfaction. Il détestait ce type de démonstration en public. Les femmes qui avaient tenté cette approche par le passé voulaient donner l'impression qu'elles partageaient une relation des plus intimes avec lui. Comme si ce geste proclamait : « Vous voyez, cet homme m'appartient. » Alors Bo refusait de les prendre par la main. Il gardait ses distances pour montrer au monde que la femme à son bras n'était que sa partenaire d'un soir et non une future mariée potentielle.

Un regard vers Ollie lui permit de comprendre qu'il venait de la blesser. Ce n'était pas son intention, mais il ne voulait pas que l'on voie en elle la future Mme Sorenson.

Le mariage et l'amour, très peu pour lui. Pas même avec cette jeune personne qui l'attirait terriblement.

Réfugiée dans les toilettes, Ollie maudit son attitude. Postée devant le miroir, elle sécha ses larmes et se concentra sur sa respiration. Le comportement de Bo à son égard l'avait humiliée. Il l'avait traitée comme si elle était atteinte d'une maladie contagieuse quand il avait refusé de lui tenir la main. Un geste qui l'avait blessée beaucoup plus qu'elle ne l'aurait imaginé. Elle ne demandait qu'un peu de soutien de sa part pour l'aider à affronter cette soirée avec un peu plus de sérénité. Devant son refus, elle avait senti les larmes monter à ses yeux et l'avait quitté pour se rendre aux toilettes.

Sans doute avait-elle commis un impair avec cet homme qui était son employeur et devait se rendre à l'évidence : elle ne faisait que lui rendre un service de plus.

Jetant un regard autour d'elle, elle se dit que ce lieu ressemblait davantage à un hôtel élégant qu'à une demeure appartenant à un particulier. Des produits de luxe reposaient sur les étagères, et le marbre blanc sur les murs brillait de mille feux.

Ollie se lava les mains puis inspecta son visage pour s'assurer que son mascara n'avait pas coulé. Puis, elle réajusta sa coiffure. Elle n'avait en réalité aucun besoin de s'attarder dans ce lieu, mais ce moment de répit lui permettait d'échapper à cette soirée à laquelle elle se sentait étrangère.

Pour la première fois depuis longtemps, une vague de nostalgie l'assaillait. La grande table un peu branlante qui occupait le centre de la cuisine de ses parents lui manquait, de même que les visites de sa grand-mère maternelle, originaire d'Afrique du Sud. Une femme qu'elle adorait et qui lui racontait toujours des histoires passionnantes, comme sa rencontre avec Nelson Mandela alors qu'il n'était qu'un jeune avocat de Soweto. Avant qu'ils s'installent au Royaume-Uni et qu'ils ne développent leur cabinet d'expertise comptable, les parents d'Ollie avaient œuvré activement contre l'*apartheid*. Sa mère, originaire d'une famille fortunée, avait pu poursuivre des études universitaires. Son père en revanche, fils d'ouvriers, avait dû travailler d'arrache-pied et prendre des cours du soir pour obtenir un diplôme équivalent à celui de sa femme. Ses deux parents considéraient comme un privilège d'avoir poursuivi de longues études. Selon eux, on ne devait jamais gâcher cette chance.

Ollie comprenait d'où leur venait cette certitude, compte tenu de leurs origines, mais elle aurait aimé qu'ils acceptent son désir de poursuivre une autre carrière que celle à laquelle elle était destinée. Bien que douée pour les chiffres, la comptabilité ne l'attirait pas. Elle préférait mille fois s'occuper d'enfants.

Ses parents lui avaient accordé cinq ans de liberté, après quoi elle avait accepté de revenir travailler dans l'entreprise familiale afin de s'acquitter de ce qu'elle leur devait. L'heure était venue de songer au retour.

Alors, au lieu de pleurer le fait que Bo ait refusé de lui tenir la main – quel âge avait-elle, bon sang ? Treize ans ? – elle ferait mieux d'abandonner le projet qu'elle caressait, à savoir s'associer avec Sabine, et d'organiser son retour à Londres pour rejoindre la société de ses parents. Retrouver un monde fait de chiffres… et l'ennui qui allait avec.

Quant à Bo, même si elle ne partait pas, jamais elle ne pourrait envisager de vivre à son côté. Il n'était pas du genre à s'engager dans une relation à long terme. D'après les articles parus sur lui dans la presse, il préférait les aventures de courte durée. C'était pourquoi attendre de lui qu'il lui tienne la main ou lui offre quoi que ce soit était tout bonnement stupide. Ollie quitterait donc ce pays d'ici deux mois, et Bo rejoindrait la liste de ses anciens employeurs et finirait par appartenir au passé.

Cette résolution prise, Ollie regagna l'immense salle à manger avec un peu plus d'assurance. À son arrivée, Bo se leva pour l'inviter à le rejoindre. Il lui souriait timidement, comme s'il essayait de lui adresser des excuses.

Seigneur, ce visage… elle aurait beaucoup de mal à l'oublier. De même que le quitter risquait de s'avérer difficile, voire impossible.

8

De retour à son domicile, Bo remercia Greta d'avoir gardé Mat, puis referma la lourde porte derrière elle quand elle prit congé.

Les pieds en feu à cause des hauts talons qu'elle avait portés toute la soirée, Ollie se débarrassa de ses souliers puis déposa son sac à main sur la console de l'entrée. Elle se baissa pour masser ses chevilles endolories tout en songeant à la soirée qui venait de s'achever. Même si Bo avait refusé de lui tenir la main, elle avait passé la plupart du temps dans ses bras sur la piste de danse. Heureusement, grâce aux leçons de sa grand-mère maternelle, elle avait appris à danser, si bien qu'elle avait offert une prestation des plus dignes au milieu de tous ces gens appartenant à la haute société. Personne n'aurait pu lui reprocher d'être dotée de deux pieds gauches.

Relevant un coin de sa robe, Ollie sentit soudain la fatigue la terrasser. D'ici quelques heures seulement, elle reprendrait son service auprès de Mat. Les petits garçons âgés de neuf mois n'éprouvaient aucune compassion pour leurs aînés, même si ces derniers avaient passé la nuit à danser sur de hauts talons ou à siroter du champagne. Ils attendaient de leur nounou qu'elle s'occupe d'eux, leur prépare leur petit déjeuner et leur accorde toute leur attention. Et pas nécessairement dans cet ordre-là.

Avec un soupir, elle quitta le hall d'entrée pour se rendre dans le salon, Bo à sa suite. Quand elle sentit des doigts se poser dans son dos, elle frissonna à ce contact. Même s'il refusait de lui prendre la main en public, Bo se comportait d'une tout autre manière en privé.

Malgré son désir de lui échapper et de lui reprocher son attitude, elle ne put s'empêcher de savourer la chaleur de ce contact. Quand elle tourna la tête vers lui, elle respira les effluves de son eau de toilette avec ravissement. Une odeur pareille à nulle autre qui avait le pouvoir de l'enivrer.

Bo avait une allure folle dans son smoking. Il ressemblait à une gravure de mode avec ses larges épaules, ses hanches étroites, ses longues jambes. Ollie comprenait aisément pourquoi tous les yeux se tournaient vers lui sur son passage.

Et elle le désirait avec une fougue qui la dépassait.

C'était une erreur, mais elle ne parvenait pas à se résoudre à regagner sa chambre, seule...

Ne sachant trop comment se comporter, elle se posta devant l'immense baie vitrée qui se trouvait à l'autre bout de la pièce. Elle entendit Bo s'absenter pour se rendre dans la chambre de Mat. Il en ouvrit la porte puis la referma après s'être assuré que le petit garçon dormait à poings fermés.

À son retour dans le salon, il demanda :

— Voulez-vous boire quelque chose ?

Refuser cette offre risquait de mettre un terme à cette soirée. Or elle avait terriblement envie de profiter encore un peu de la présence de son employeur. Se tournant vers lui, elle hocha la tête. Une fois leurs deux verres remplis, Bo se rapprocha de l'endroit où elle se tenait pour lui en tendre un. Elle remarqua qu'il avait enlevé sa veste et défait les boutons de son col de chemise.

Ollie dégusta une gorgée de son cognac tout en gardant les yeux rivés sur cet homme qui la fascinait. La gorgée nouée, elle ne pouvait proférer le moindre son. Pourtant, les mots suivants lui brûlaient les lèvres : « J'ai envie de vous, s'il vous plaît, allons nous coucher. » Mais prononcer de telles paroles risquait de rendre la situation encore plus compliquée qu'elle ne l'était déjà.

Elle était son employée, et lui son patron.

Une telle demande n'avait rien de professionnel.

Cet emploi de nounou serait le dernier.

Tout cela était vrai, mais elle savait qu'elle regretterait de ne pas avoir assouvi ses désirs si elle renonçait à plus d'intimité avec lui.

Alors, elle planta son regard dans le sien. Ses yeux brillaient plus que d'ordinaire. Que contenaient-ils ? Du désir ?

Se mordillant la lèvre inférieure, elle voulut prendre une nouvelle gorgée de cognac, mais Bo lui retira le verre des mains pour le reposer maladroitement sur un guéridon. Quand elle vit le liquide ambré se répandre sur la petite table, elle n'ébaucha pas le moindre geste pour redresser le verre. Bo non plus. Tous deux se dévoraient des yeux. Cette fois, le doute n'était plus permis. Tous deux ressentaient la même urgence.

Bo la désirait...

Tous deux s'apprêtaient à franchir une ligne rouge. Conscient de son hésitation, Bo murmura :

— Nous prenons un risque...

— Je sais, mais je suis prête à en assumer les conséquences. Et vous ?

Jugeant inutile de répondre à cette question, Bo se rapprocha pour poser les mains sur ses hanches et l'attirer à lui. Ollie sentit son corps pressé contre le sien, et le sexe dressé de Bo contre son ventre. Elle savait, par expérience, ce que cela signifiait. Tous deux ressentaient un désir fou l'un pour l'autre. Jamais Ollie n'avait éprouvé pareille urgence, même avec Fred, son ex-fiancé. Elle avait l'impression de fondre comme neige au soleil entre les bras qui l'enserraient.

Et, quand leurs lèvres s'unirent en un baiser torride, un tourbillon de sensations vertigineuses lui fit tourner la tête. Jamais personne ne l'avait embrassée avec une telle fougue, une telle passion. Elle se souviendrait toute sa vie de cette merveilleuse expérience.

Pressée contre Bo, elle n'avait plus qu'une envie : s'offrir corps et âme à cet homme qui bouleversait à la fois ses sens et toutes ses certitudes. Le désir qu'elle avait su éveiller en lui la ravissait.

Chavirée par les sensations inouïes qui la traversaient, elle se cambra pour mieux épouser le corps de son partenaire, puis glissa les mains sous sa chemise pour caresser les muscles puissants de son dos.

— Êtes-vous sûre de vouloir ceci ? l'entendit-elle soudain murmurer contre ses lèvres.

— Oui...

— Vous êtes mon employée, lui rappela-t-il en posant son front contre le sien.

— Nous sommes deux adultes responsables, capables de dissocier le travail et le plaisir. Ce que nous faisons à cet instant précis n'entre pas dans le cadre de ma mission auprès de vous ou de Mat.

S'interrompant un instant, elle chercha les mots les plus susceptibles de vaincre les réticences de Bo, quitte à proférer un mensonge.

— Il ne s'agit entre nous que de sexe... Je ne tiens pas à m'engager dans une relation et, de toute façon, bientôt je partirai...

Elle qui pensait que ces paroles feraient mouche ne comprenait pas le manque de réaction de son partenaire. Pourquoi hésitait-il ? Pourquoi ne la conduisait-il pas dans sa chambre ? Lui qui refusait tout engagement, pourquoi ne profitait-il pas de cette aubaine ?

Pour l'aider à prendre une décision, elle resserra son étreinte et souffla contre ses lèvres :

— J'ai envie de vous, Bo...

Elle savait qu'il partageait le même désir qu'elle. Jamais elle n'avait ressenti pareille flamme à l'égard d'un homme. Alors, sans plus hésiter et, les yeux rivés aux siens, elle glissa la main sur son ventre, puis sur son sexe dressé sous l'étoffe du pantalon. Un geste qui eut pour effet de lui arracher un gémissement et de vaincre ses derniers scrupules.

Toute la soirée, Bo avait rêvé de dénuder ce corps pressé contre le sien. Il ressentait à présent un bonheur inouï à l'idée de faire l'amour à cette femme jusqu'à ce que tous deux tombent d'épuisement. Il voulait l'emporter dans sa chambre, prendre tout son temps pour savourer ce moment unique. Peut-être cette nuit serait-elle la seule qu'ils partageraient, aussi souhaitait-il la vivre avec intensité.

D'un geste souple, il la souleva dans ses bras pour l'emporter dans ses appartements privés jusqu'au lit immense qui trônait au milieu de sa chambre, son sanctuaire, l'endroit dans lequel il aimait se relaxer. Il n'avait jamais conduit aucune femme chez lui, préférant se rendre chez elles. Ainsi, il lui était plus facile de prendre congé. Mais Ollie méritait qu'il lui dévoile son intimité. De partager son lit, son espace.

Quand il l'eut reposée au sol, il prit son visage en coupe et déposa un doux baiser sur ses lèvres.

— Es-tu sûre de toi ? lui demanda-t-il en recourant pour la première fois au tutoiement. Nous pouvons encore tout arrêter.

Elle lui sourit puis hocha la tête. Bo la guida alors jusqu'au lit où, sans hésiter, elle se laissa tomber avant de l'inviter à la rejoindre.

— Tu es si belle... murmura-t-il en la dévorant des yeux.

— Tu n'es pas mal non plus, répliqua-t-elle en posant une main sur son torse.

Doucement, Bo lui dégrafa son chignon et plongea la main dans les boucles soyeuses de sa chevelure.

— Tiens-tu à cette robe ? lui demanda-t-il soudain d'une voix un peu rauque.

— Tu me l'as offerte, et je l'aime bien. Pourquoi cette question ?

Il plissa les yeux.

— Tu ferais mieux de la retirer avant que je te l'arrache.

Avec un petit rire, Ollie se redressa pour accéder à la demande qui venait de lui être faite.

Fasciné, Bo laissa son regard dériver sur le corps presque intégralement dénudé de celle qui bientôt serait sienne. Retenant son souffle, il l'imita et retira sa chemise et son pantalon. À demi-nus, ils se mirent à haleter, tandis que le désir s'emparait d'eux. Dans un commun ensemble, ils se rapprochèrent pour s'étreindre avec fougue. Puis, Bo se redressa, soudain conscient des risques que tous deux prenaient.

— Je vais me munir d'un préservatif, lui dit-il en amorçant le geste de quitter le lit.

Ollie le retint avec ces mots :

— Je prends la pilule...

Vaincu, Bo lui retira ses sous-vêtements puis ôta les siens. Plus rien ne les empêchait de se donner l'un à l'autre, ce qu'ils firent jusqu'à connaître l'extase la plus pure.

9

Il était très tôt le lendemain matin lorsque Bo revint dans la chambre chargée de deux tasses de café. Une fois qu'il fut installé dans le lit, Ollie jeta un coup d'œil sur la montre Rolex qu'il portait au poignet. Il était un peu plus de 6 heures, ce qui leur laissait encore un peu de temps avant le réveil de Mat. Une heure durant laquelle Ollie serait une femme et non une nounou.

Les yeux rivés sur le liquide sombre que contenait la tasse qu'elle tenait à deux mains, elle se remémora la nuit d'amour qu'elle venait de vivre dans les bras de Bo. Jamais elle n'avait connu d'étreintes aussi intenses. Son amant avait su raviver en elle des émotions qu'elle pensait enterrées depuis trois ans. Qu'il l'ait ainsi sortie de sa zone de confort l'effrayait toutefois.

Bo interrompit le fil de ses pensées en déposant un baiser sur son front. Même vêtu d'un bas de pyjama et d'un T-shirt, il n'avait rien perdu de son pouvoir de séduction.

Repoussant les mèches tombées sur son front, elle savoura son café puis, après avoir reposé sa tasse sur la table de nuit, s'adossa confortablement aux oreillers et passa une jambe nue au-dessus de celle de Bo.

— Quels sont tes projets pour aujourd'hui ? lui demanda-t-elle avant de déposer un baiser sur son épaule.

Dès qu'elle aurait quitté cette chambre, rien dans son attitude ne révélerait l'intimité qu'elle avait partagée avec son employeur. Mais pour l'heure, elle pouvait s'autoriser des gestes affectueux.

— J'ai rendez-vous avec l'homme d'affaires hongkongais que j'ai rencontré hier soir au bal.

Il se tut le temps de lâcher un long soupir avant d'ajouter :

— Cette réunion risque de s'éterniser, parce qu'il me faudra étudier tous les détails du projet et m'assurer de répondre aux besoins de ce client exigeant. Je sais déjà qu'il formulera des attentes élevées et j'aurai à lui expliquer les raisons qui m'empêchent de répondre à certaines.

— Et, au bout du compte, tu signeras un contrat juteux pour la construction de ses yachts de course.

Ollie ne doutait pas qu'il y parvienne. Bo atteignait tous les objectifs qu'il se fixait.

— Et toi ? Qu'as-tu prévu ?

— Je pense emmener Mat à la plage. Il fera très chaud aujourd'hui.

— J'adorerais vous accompagner. Je déteste l'idée de demeurer cloîtré dans un bureau par une aussi belle journée.

— Il y a quelques semaines, tu projetais de passer tout l'été enfermé, lui rappela-t-elle d'un ton moqueur.

Bo lui répondit d'abord par un sourire.

— Disons que j'ai trouvé depuis une meilleure manière de passer le temps.

Ollie détourna les yeux en songeant à son départ à la fin de l'été, lorsque les jours commenceraient à raccourcir et les nuits à se rafraîchir.

— As-tu eu le temps de consulter les CV des candidates au poste de nounou ? demanda-t-elle d'un ton qu'elle s'efforça de garder léger.

Il fallait qu'elle reprenne pied dans la réalité et se souvienne que dans cinq ou six semaines – elle avait un peu perdu le fil du temps – elle serait de retour au Royaume-Uni et privée de Bo et Mat. Une nouvelle nounou, triée sur le volet, prendrait son service à leurs côtés. Tous deux le méritaient, et Ollie voulait leur bonheur.

— Non, répondit Bo.

— Les nourrices qualifiées ne poussent pas sur les arbres, tu sais et, souvent, elles envisagent leurs futures affectations longtemps à l'avance.

— Je t'ai trouvée à la dernière minute, objecta Bo.

Exact, mais elle n'avait pas prévu de prolonger son séjour.

— Je te l'ai dit, cette mission sera la dernière que je remplirai en qualité de nounou.

Bo lui lança un regard inquisiteur.

— Nous as-tu trouvés pénibles au point de désirer changer de métier ?

Ne sachant pas trop s'il plaisantait ou non, elle répliqua :

— Pas du tout ! Mon affectation précédente à Berlin devait normalement être la dernière, mais Sabine m'a proposé une mission me permettant de passer l'été à Copenhague. Je me suis laissé tenter par la possibilité de connaître cette ville et de me faire un peu plus d'argent.

Bo haussa un sourcil.

— Un peu plus d'argent ? Seigneur, tu pratiques des tarifs exorbitants !

Elle haussa les épaules en riant.

— Peut-être, mais je suis exceptionnelle.

Il lui entoura les épaules d'un bras et l'attira contre lui.

— C'est vrai. Tu es formidable avec Mat. Mais pourquoi abandonner ce métier ?

Désireuse de mettre un peu plus de distance entre eux, surtout d'un point de vue émotionnel, Ollie repoussa les couvertures et quitta le lit pour aller s'asseoir sur le rebord de la fenêtre.

Le regard porté vers l'horizon, elle répondit :

— Je rentre parce que j'ai promis à mes parents de rejoindre leur société cinq ans après l'obtention de mon diplôme universitaire. Je suis censée commencer ma nouvelle carrière début septembre.

Bo quitta le lit à son tour pour s'installer près d'elle.

— Je ne comprends pas, dit-il en se passant une main dans les cheveux. Quel travail t'attend ?

— Celui d'expert-comptable.

— D'accord, je sais que tu as obtenu un diplôme dans ce domaine. Dans quelle université, déjà ?

— La *London School of Economics*.

— Je vois… l'établissement le plus prestigieux du Royaume-Uni. Je comprends pourquoi tes parents n'ont pas vu d'un très bon œil que tu décides d'occuper des postes de nounou.

— Oh ! pire que cela ! Ils m'ont reproché le coût exorbitant de mes études. À leurs yeux, m'occuper d'enfants représentait un gâchis incommensurable. Après de longues disputes, nous avons fini par trouver un accord : je pouvais faire ce que je voulais pendant cinq ans, après quoi je devais m'engager à travailler dans la société familiale durant cinq autres années, délai nécessaire pour que mes parents obtiennent un retour sur investissement.

Bo hocha la tête et garda le silence pendant quelques instants.

— Si tu n'avais pas l'obligation de retourner chez toi, continuerais-tu à exercer le métier de nounou ?

Elle ne pouvait plus l'envisager auprès de Bo, puisque leur relation était devenue trop intime.

Elle secoua la tête.

— Non, je m'associerais avec Sabine. Elle me l'a proposé, et j'avoue que cela me plairait beaucoup.

— Mais tu ne peux pas l'envisager parce que tes parents t'en empêchent avec ce marché conclu avec toi. Leur as-tu parlé de l'occasion qui t'était offerte ?

Elle ne l'avait pas jugé utile parce que ses parents ne l'auraient pas accepté. Ils la voulaient près d'eux à Londres. Cette décision avait été prise des années auparavant, et les Cooper n'étaient pas du genre à changer d'avis. D'autres aspects, incompréhensibles pour Bo, devaient être pris en compte.

— Aux yeux de mes deux parents, l'éducation représente un privilège absolu. Le fait que je n'utilise pas ce que j'ai eu la chance d'apprendre grâce à leur argent les heurte. Ils m'aiment sans pour autant comprendre ce qui me plaît le plus. Garder des enfants leur paraît moins prestigieux qu'occuper un poste d'expert-comptable. Et je me sens coupable parce que l'obtention de mon diplôme leur a coûté beaucoup d'argent et que je n'ai pas suivi le chemin qu'ils ont tracé pour moi. Je leur suis redevable et dois m'acquitter de ma dette.

Les yeux rivés sur le port dans le lointain, Bo paraissait plongé en pleine réflexion. Après un silence de quelques secondes, il répliqua :

— Je peux comprendre le point de vue de tes parents, mais tu as le droit de changer d'orientation pour faire ce que tu aimes.

Ollie aurait aimé que cela soit aussi simple.

— Ne peux-tu pas en parler de nouveau avec eux et trouver une autre solution ? insista-t-il.

Le problème à résoudre dépassait de loin celui des frais de scolarité et parler à ses parents n'effacerait pas la culpabilité qui l'accablait.

— Cela me paraît impossible, Bo.

Il ébaucha une grimace avant de répliquer en la regardant droit dans les yeux :

— Ce problème étant insoluble pour l'heure, reviens donc te coucher.

Sur ces mots, il l'aida à quitter le rebord de fenêtre puis passa un bras autour de sa taille pour la serrer contre lui. La force de son désir ne laissait planer aucun doute, comme en témoignait son sexe dressé contre son ventre.

— J'ai très envie de toi, mais le temps presse, parce qu'un jeune Sorenson ne va pas tarder à attirer ton attention.

Ollie consulta la montre de Bo à nouveau et constata qu'en effet leur temps libre était compté. Il leur restait une demi-heure à peine avant que Mat se réveille.

Puisque son amant lui proposait de s'envoler loin de la réalité pour gagner une contrée où seul régnait le plaisir, elle accepta volontiers de le suivre jusqu'au lit.

Une semaine plus tard, alors qu'il se trouvait dans son bureau, Bo raccrocha son téléphone en étouffant un juron. Sa mère réclamait une entrevue. Ayant entendu parler de la jeune femme qui l'accompagnait au bal, elle voulait en savoir plus à son sujet. Bridget avait manqué l'événement social de la saison parce qu'un client potentiel avait réclamé au dernier moment sa présence à un dîner.

Bien que peu intéressée par la vie personnelle de son fils, elle avait été intriguée par les ragots colportés après le bal au sujet de l'attention qu'il avait portée à sa partenaire. Et comme elle détestait rester dans le flou, elle voulait obtenir confirmation des informations ayant fusé. Elle était cependant loin d'imaginer à quoi l'existence de son fils ressemblait désormais.

Mat partageait sa vie depuis un mois, mais Bo n'avait pas jugé utile d'en informer sa mère. Parce qu'il éprouvait beaucoup d'amour pour son fils, l'idée que sa génitrice l'ignore comme elle l'avait ignoré lorsqu'il était enfant renforçait sa réticence à le lui présenter.

Bridget n'avait commencé à lui manifester un peu d'attention qu'à la fin de l'adolescence. Enfin, elle avait daigné inscrire dans son emploi du temps chargé quelques créneaux avec son fils. Lorsqu'il lui avait demandé les raisons de ce changement, elle avait avoué, avec sa franchise habituelle, qu'elle trouvait les bébés terriblement ennuyeux, les enfants en bas âge et les adolescents insupportables. Ce n'était qu'une fois adulte qu'elle avait apprécié de passer un peu de temps avec lui.

Hélas, il ne pouvait pas expliquer la présence d'Ollie au bal sans révéler la place qu'occupait Mat dans sa vie. Il n'avait pas envie que Bridget le rencontre pour le moment, tout simplement parce qu'il ne voulait le partager qu'avec Ollie. Cet enfant était trop précieux à ses yeux et il voulait jalousement le garder pour lui.

Voilà pourquoi il avait décidé de repousser le déjeuner réclamé par sa mère à une date aussi éloignée que possible en prenant le travail pour excuse. Comme elle, autrefois, pour justifier ses absences auprès de lui.

Avec un soupir, Bo reporta son attention sur sa planche à dessin et esquissa une grimace. Depuis qu'il partageait son temps avec Mat et Ollie avec qui il dormait toutes les nuits, son travail en pâtissait. L'été promettait d'être beaucoup moins productif que d'habitude mais, pour sa défense, c'était la première fois qu'il s'occupait d'un bébé.

Et qu'il entretenait une relation avec une maîtresse depuis plus d'une semaine.

Et, pour être honnête, ses sentiments – s'il pouvait les appeler ainsi – lui causaient plus de nuits sans sommeil que les préoccupations liées à son nouveau statut de père. La frontière entre Ollie la nounou et Ollie la maîtresse n'existait plus, et sa maison n'offrait plus le calme auquel il était habitué. Elle était remplie des rires de son fils, de la voix cristalline de celle qui s'en occupait et du parfum qu'elle laissait dans chaque pièce après son passage.

Au lit, il découvrait une partenaire sexy, passionnée, pleine d'élan. L'enthousiasme qui la caractérisait, la manière dont elle s'offrait à lui le comblait au-delà de ses espérances. Il avait par ailleurs trouvé en Ollie une compagne intelligente, cultivée. Son esprit aiguisé lui plaisait tout autant que la sensualité qui émanait de sa personne. Il avait l'impression qu'elle avait su le domestiquer, et cette idée l'effrayait au plus haut point.

Certes, malgré leur entente, il leur arrivait de se chamailler pour des futilités, mais un baiser suffisait toujours à les réconcilier.

Et Ollie adorait qu'on l'embrasse.

Bo se trouvait dans une situation des plus compliquées. Dans quatre semaines, il était prévu qu'elle s'en aille et disparaisse de sa vie et de celle de Mat. Au moins dix CV de nounous potentielles figuraient dans son ordinateur, mais aucun d'entre eux ne l'intéressait. Seule Ollie lui paraissait capable d'endosser ce rôle, et il ne voyait personne la remplacer auprès de Mat.

Mais il fallait envisager l'avenir sans elle. Bo finirait par s'y résoudre, car il tenait toujours ses engagements. Ce qu'il partageait avec Ollie était nouveau, formidable, et ce qu'il ressentait pour elle plus intense, sans doute parce qu'elle occupait une place importante dans le cœur de Mat également. Mais il ne voulait pas exposer son fils à une relation vouée à l'échec. Il avait vu les dégâts au sein de sa famille quand son père et sa mère avaient cessé de s'aimer et fini par se haïr. Ils s'ignoraient l'un l'autre et ne se parlaient plus. Bo avait détesté cette phase de leur relation. Tant qu'ils se disputaient, cela signifiait qu'ils partageaient encore quelque chose, mais l'indifférence qu'ils se témoignaient l'avait profondément affecté. Jamais il ne confronterait Mat à ce genre de situation.

Parfois, il lui arrivait de regretter l'irruption d'Ollie dans sa vie, mais la plupart du temps, il s'en félicitait. Depuis son arrivée, il connaissait un tourbillon émotionnel auquel il n'était pas habitué.

Il voulait qu'elle s'en aille tout en désirant la garder près de lui.

Il ne voulait pas s'attacher à elle tout en souhaitant tout connaître d'elle.

En d'autres termes, il voulait tout et son contraire et avait l'impression de perdre la raison...

Soudain, un grattement à la porte attira son attention. Ollie, vêtue d'une robe d'été bleue et de tennis blanches, venait de pénétrer dans la pièce. Avec son chignon lâche et les petites mèches qui s'en échappaient, elle avait un charme fou. Dans ses bras, Mat mordillait une girafe en caoutchouc.

— Hello, nous allons nous promener sur les stands de nourriture de Torvehallerne pour le déjeuner. J'ai pensé que tu aimerais peut-être nous accompagner.

Bo aurait mieux fait de refuser et de rattraper tout le retard accumulé dans son travail, mais il savait qu'il ne parviendrait pas à se concentrer. Il n'avait qu'une envie : se trouver au même endroit que Mat et Ollie. Et un temps infini s'était écoulé depuis sa dernière visite dans cette halle de verre magnifique qui regorgeait de produits du terroir.

Après avoir déposé Mat dans sa poussette, Ollie marcha vers lui et, se dressant sur la pointe des pieds, déposa un doux baiser sur ses lèvres. Alors qu'elle amorçait le geste de s'écarter, Bo passa un bras autour de sa taille pour la retenir près de lui. Lui offrir un simple baiser ne suffisait pas. Dans d'autres circonstances, il n'aurait pas hésité à la dévêtir et à l'entraîner dans un tourbillon de sensations torrides. Car, il devait l'admettre, chaque fois que sa bouche effleurait la sienne, il devenait un autre homme. Il oubliait le caractère impossible de sa mère, le fait qu'il était père célibataire, qu'Ollie partirait bientôt...

Après avoir échangé un long baiser passionné, ils s'écartèrent à contrecœur. Ils ne pouvaient guère aller plus loin avec Mat dans la pièce et Greta pouvant surgir à tout moment.

Les yeux brillants, Ollie lui adressa un sourire lumineux.

— Au risque de me répéter, je dois avouer que tu embrasses divinement bien, Sorenson.

Comme il la dévorait du regard, elle pencha la tête de côté.

— Qu'y a-t-il ? demanda-t-elle.

À cet instant précis, il avait l'impression de vivre un moment unique, parfait. Trop parfait à son goût, parce qu'il ne pouvait pas envisager de poursuivre dans cette direction.

Préférant éluder pour le moment la question posée par Ollie, il se dirigea vers la poussette et prit Mat dans ses bras pour se poster ensuite à la fenêtre avec lui, tournant le dos à sa jeune maîtresse.

— Tout va bien, finit-il par répondre.

Ollie vint se placer derrière lui et posa une main dans son dos.

— Je ne te crois pas, dit-elle d'un ton très doux.

Il ne pouvait pas lui avouer le tourment qui l'agitait et il fallait à tout prix qu'il reprenne le contrôle de ses émotions.

Il avait besoin de retrouver son ancienne vie.

À cette pensée s'en ajouta une autre qu'il se sentit obligé de formuler.

— Ma mère souhaite me rencontrer dans le cadre d'un déjeuner ou d'un dîner.

— J'ai l'impression que cela ne t'enthousiasme pas trop, je me trompe ?

En effet...

Comme Bo gardait le silence, elle ajouta :

— Souhaite-t-elle faire la connaissance de Mat ?

Bo lui adressa un regard sombre qui eut pour effet de l'alerter.

— Tu ne lui as pas encore révélé son existence ?

Il haussa les épaules.

— Bo, il faut lui dire qu'elle a un petit-fils ! Plus tu attendras, plus cette démarche te paraîtra difficile. Je ne comprends pas, en fait... Quel est le problème ?

La réaction de Bridget l'inquiétait. Si elle manifestait à Mat autant d'indifférence qu'à son égard durant son enfance, Bo en souffrirait terriblement.

— Ma mère ne sera pas ravie d'apprendre cette nouvelle, lâcha-t-il en quittant son poste d'observation pour se diriger vers la porte, Ollie sur ses talons.

— Il n'empêche que tu ne peux pas garder ce secret. Pourquoi n'invites-tu pas ta mère à dîner demain soir ?

— Je pense que la reine des médias Sorenson ne peut pas se rendre disponible du jour au lendemain. Son emploi du temps est rempli pour plusieurs mois à l'avance.

— Elle a dit qu'elle souhaitait te rencontrer autour d'un repas, objecta Ollie. Choisis le moment qui te convient le mieux et présente Mat à sa grand-mère, Bo.

Curieusement, le ton de commandement employé par Ollie ne le contrariait pas, alors qu'il refusait de recevoir des ordres, d'où qu'ils viennent. Pire encore, il se sentait prêt à obéir à cette injonction.

Il se trouvait vraiment dans une situation impossible...

10

Ollie avait pour habitude de donner sa chance à toute nouvelle personne lui étant présentée et mettait un point d'honneur à ne pas porter de jugement avant de bien la connaître. Mais dans le cas de la mère de Bo, elle n'avait pas pu s'empêcher de ressentir une profonde aversion.

Seule avec Mat dans sa chambre, Ollie le berçait à présent en arpentant la pièce de long en large. Heureusement, il commençait à s'endormir. Il lui avait fallu un temps fou pour apaiser la nervosité du petit garçon. Nervosité dont elle jugeait responsable la mère de Bo.

Doucement, elle posa le bébé dans son lit et mit en marche le mobile au-dessus de sa tête. Une douce musique se répandit dans la chambre. Mat l'observa un long moment puis, lentement, ses yeux se mirent à papillonner, et il sombra dans un sommeil paisible.

Se redressant, Ollie songea à ses expériences passées. Depuis qu'elle exerçait son métier, elle avait rencontré un grand nombre de personnes riches, qu'il s'agisse de ses employeurs ou de leurs connaissances. Parmi les plus prétentieuses, dédaigneuses et autoritaires du lot, Bridget figurait en haut du panier.

C'était une femme des plus odieuses.

Seigneur, elle plaignait celle qui un jour deviendrait sa belle-fille...

Ollie avait pris ses distances pour permettre à Bo de parler de Mat à sa mère, pour lui expliquer les circonstances de son arrivée dans sa vie. Alors qu'elle se promenait avec Mat dans le jardin, elle avait entendu, par la fenêtre ouverte, la dispute qui s'était engagée entre la mère et le fils. Bo s'efforçait de garder son calme face à l'hystérie de sa mère. Bridget lui avait demandé s'il avait la certitude absolue d'être le père de Mat, alors que le gamin lui ressemblait trait pour trait. Elle avait insisté pour qu'il fasse un test ADN et cherche d'autres solutions de prise en charge pour ce petit-fils dont elle ne voulait pas entendre parler.

Ollie aurait aimé se boucher les oreilles ou hurler de colère. Mat n'était pas un colis indésirable ! Comment son existence pouvait-elle affecter les affaires de Bridget ?

La jeune femme avait dû se maîtriser pour ne pas surgir en trombe dans le salon et exprimer son point de vue, voire étrangler Bridget de ses propres mains.

Lorsque Mat lui avait été présenté, sa grand-mère n'avait pas daigné le prendre dans ses bras ni même lui caresser la joue. Elle avait admis du bout des lèvres reconnaître certains traits de son fils au même âge. Très vite, elle avait ajouté qu'il ne faudrait pas compter sur elle pour qu'elle le garde ou lui consacre du temps. Et elle avait répété à son fils, comme souvent par le passé, que les enfants ne devenaient intéressants qu'à l'âge adulte, lorsqu'ils n'occasionnaient plus de dépenses.

— Tu as l'air encore contrariée, dit Bo à Ollie une fois qu'il l'eut rejointe dans la chambre de Mat.

— Est-elle partie ?

— Oui, son chauffeur est passé la prendre. Elle est drôle, tu ne trouves pas ?

Ollie ébaucha une grimace. Elle savait que Bo tentait de dédramatiser la scène qui l'avait opposé à sa mère, mais la douleur inscrite dans ses yeux était perceptible.

— Comment a-t-elle fait pour t'élever ? Et toi, comment as-tu pu développer un tel sens de l'humour ?

— Elle ne m'a pas élevé, répondit Bo avant de se baisser pour déposer un doux baiser sur le front de Mat. Plusieurs nounous s'en sont chargées à sa place. Et j'ai passé beaucoup de temps avec mon grand-père paternel. C'est lui qui a monté la société de construction navale dont j'ai hérité. C'était un homme formidable.

Bo s'installa dans le fauteuil à bascule situé près du berceau, et Ollie prit place sur le divan qui lui faisait face. Elle le regarda poser la tête en arrière sur le dossier et fermer les yeux. Une grande lassitude se lisait sur ses traits.

— C'est sans doute la raison pour laquelle j'avais décidé de ne jamais avoir d'enfant, ajouta-t-il avec un soupir. Mon père et ma mère m'ont donné envie de demeurer célibataire.

Ollie se pencha en avant et croisa les mains sur ses genoux.

— Ils n'étaient pas heureux ensemble ?

Bo haussa les épaules.

— J'ignore si c'est mon père qui a rendu ma mère aussi froide ou si c'est sa froideur qui a éloigné mon père, mais leur vie ressemblait à un enfer.

— C'est-à-dire ?

— Ma mère était exigeante et ambitieuse. Elle estimait probablement et à juste titre que mon père aurait dû travailler davantage au lieu de se prélasser. Or il préférait s'amuser. Quant à lui, il reprochait à sa femme de n'être ni une mère ni une épouse. Il avait l'impression de vivre avec un robot. Ce en quoi il n'avait pas tort. Ils n'ont jamais réussi à trouver de compromis. Bridget travaillait de longues heures et passait le plus de temps possible hors du domicile conjugal.

— Pourtant, tu étais là...

— Certes, mais elle n'éprouvait pour moi aucun intérêt. J'ai commencé à exister à ses yeux à la fin de l'adolescence. Mon père, lui, passait son temps à l'extérieur, auprès de femmes avec qui il pouvait s'amuser. J'étais absent de leurs vies. Aucun de mes deux parents ne voulait s'occuper de moi, estimant chacun que c'était le rôle de l'autre. Cette expérience m'a endurci. Très tôt, j'ai pris la décision de ne jamais chercher à être aimé et de me consacrer à ma carrière.

Ollie avait elle aussi connu des désaccords avec ses parents sans pour autant souffrir d'un manque d'attention ou d'amour. Elle avait travaillé pour des couples qui ne s'entendaient pas toujours très bien, mais leur progéniture ne semblait pas en souffrir. Du moins, le croyait-elle.

Elle savait que les enfants captaient les moindres émotions et ressentaient les tensions mieux que n'importe quel adulte. Depuis qu'elle avait rencontré Bridget, elle comprenait mieux les réserves de Bo à l'idée de tomber amoureux, de s'engager. Il avait connu le pire exemple de parents et de couple que l'on puisse imaginer.

— Je ne veux pas gâcher la vie de Mat, comme on a gâché la mienne, reprit Bo. Je souhaite qu'il grandisse entouré d'amour.

Ollie perçut une intense tristesse dans le ton employé par son amant. Ses traits tendus témoignaient eux aussi de la détresse qu'il ressentait. Il offrait une image à mille lieues de celle qu'il affichait en toutes circonstances. Il n'y avait plus la moindre arrogance dans son comportement. La carapace dont il s'entourait avait disparu, laissant place à un homme sensible qui désirait plus que tout être un bon père pour son fils.

Se penchant en avant, elle posa une main sur ses genoux.

— Les parents parfaits n'existent pas, Bo, j'en suis certaine, dit-elle d'un ton très doux. Mais la plupart d'entre eux tirent des enseignements utiles de ce qu'ils ont vécu dans l'enfance et s'efforcent de ne pas commettre les mêmes impairs que leurs parents avant eux. Cela ne veut pas dire qu'ils ne feront pas d'erreurs, mais ils peuvent espérer ne pas commettre les mêmes.

Ollie n'imposerait, par exemple, aucune contrainte à ses

enfants. Elle mettrait tout en œuvre pour qu'ils reçoivent une bonne éducation et décident de leur avenir.

— D'une certaine manière, il me suffira de faire exactement le contraire de ce que mes parents ont fait avec moi pour être dans le juste.

En effet, songea Ollie en hochant la tête.

— Contente-toi d'aimer ton fils, Bo. C'est tout ce dont il a besoin. Je te laisse...

Sur ces mots, elle quitta la chambre pour laisser son amant profiter d'un peu d'intimité avec cet enfant pour qui il nourrissait déjà une profonde affection.

Plus tard ce soir-là, après avoir passé de délicieux instants avec Bo, Ollie s'écarta de son amant pour reprendre son souffle. Une fois de plus, elle avait connu l'extase la plus pure dans ses bras. Jamais aucun homme ne lui avait procuré autant de plaisir. Elle avait l'impression de faire corps avec lui chaque fois qu'ils s'offraient l'un à l'autre.

Tournant la tête vers lui, elle vit qu'il avait les yeux fermés. Doucement, elle se leva, revêtit un T-shirt appartenant à Bo, puis quitta la chambre sur la pointe des pieds.

Elle avait besoin de s'hydrater.

Après avoir jeté un coup d'œil dans la chambre de Mat, elle gagna la cuisine où elle but un grand verre d'eau.

Postée à la fenêtre, elle se laissa emporter par les souvenirs des dernières semaines passées auprès de Mat et Bo. Des semaines sublimes, hors du temps...

Mais qui n'appartenaient pas à la vie réelle.

Ollie plaça le verre glacé sur son front et laissa échapper un profond soupir. Heureusement, elle avait rencontré Bo à l'occasion de sa dernière mission en qualité de nounou. L'intimité partagée avec lui n'affecterait donc pas sa vie professionnelle.

Sur le plan personnel, elle avait l'impression de vivre sur un nuage. Elle se sentait à la fois sereine et pleine d'énergie. Avec Bo, elle partageait une confiance inouïe. Elle pouvait tout lui dire, ce qu'elle aimait ou n'aimait pas. Il y avait entre eux une liberté de ton qu'elle n'avait jamais connue avec personne, pas même Fred, qu'elle craignait sans cesse de décevoir. Avec Bo, rien ne semblait pouvoir affecter l'entente qu'ils partageaient.

Et sur le plan intime, elle se sentait libérée, émancipée, libre de toute entrave. Femme, jusqu'au bout des ongles.

Toutefois, il lui fallait raison garder. Et contrôler ses émotions pour ne pas s'amouracher de cet homme qui savait la combler sur tous les plans. Il ne voulait pas entendre parler d'engagement. Même si Ollie n'avait pas eu l'obligation de rentrer au Royaume-Uni, il lui aurait fallu envisager un terme à leur relation.

Elle le savait. Charge à elle de ne pas tomber éperdument amoureuse. Si cela arrivait, elle ne pourrait s'en prendre qu'à elle.

Sur cette ferme résolution, elle avala un autre grand verre d'eau.

Sois prudente et forte, Olivia, et ne commets pas l'irréparable. En couchant avec Bo, tu connaissais les risques que tu prenais. Dis-toi bien qu'il ne s'agit que de sexe avec cet homme, uniquement de sexe… Pas d'amour. Ne mélange surtout pas les deux !

— Je boirais bien un verre d'eau, moi aussi.

La voix de Bo la fit sursauter. Il venait de se matérialiser dans la cuisine comme par enchantement. Torse nu et en caleçon, les cheveux en bataille, il lui parut plus sexy que jamais.

Comme Ollie empêchait l'accès au réfrigérateur, il la souleva dans ses bras pour la reposer quelques centimètres plus loin. Après quoi, il se servit à son tour un grand verre d'eau qu'il avala d'un trait.

— Je ne suis pas un meuble, protesta-t-elle en fonçant légèrement les sourcils.

— Non, en effet. Et tu es aussi légère qu'une plume… Comment te sens-tu ? Tu avais l'air ailleurs.

Ollie haussa les épaules avec un sourire avant de prendre

place sur une chaise, aussitôt imitée par Bo. Leurs genoux se touchaient sous la table. Ils demeurèrent assis en silence pendant un long moment, sans en éprouver la moindre gêne. Au contraire, cela leur semblait parfaitement naturel. Aucun des deux ne ressentait l'urgence de parler, de combler le vide avec des platitudes.

Dans la plupart des endroits où elle avait vécu, chez des étrangers ou en famille, les gens parlaient tout le temps, comme si le silence pouvait être interprété comme une tension latente.

Avec Bo, silence et quiétude allaient de pair.

— Tu sembles envahie de pensées... assourdissantes, Olivia.

Elle lui sourit, sachant qu'il ne chercherait pas à en savoir davantage et se contenterait de l'écouter si elle souhaitait s'épancher.

— Je me disais que le silence est parfois très agréable.

Ollie appréciait la lumière tamisée de la cuisine. Dans cette semi-obscurité, elle avait l'impression que Bo et elle se trouvaient dans un cocon où rien ni personne ne pouvait les atteindre.

— Peut-être aurais-je mieux surmonté mon chagrin si je m'étais accordé des moments tranquilles comme celui-ci, finit-elle par dire.

Soudain, l'envie de se confier l'assaillit. Tournant la tête vers Bo, elle demanda :

— Je t'avais dit que j'avais de bonnes raisons pour ne pas rester plus de trois mois avec une famille, t'en souviens-tu ?

— Oui, répondit Bo d'une voix douce.

Pour la première fois de sa vie, Ollie n'éprouvait pas de frayeur à l'idée de partager son chagrin avec quelqu'un. Avec Fred, il lui avait fallu prendre son courage à deux mains pour y parvenir, parce qu'elle craignait sa réaction. Bo, lui, ne la décevrait pas, elle en avait la certitude.

— Je vivais depuis six mois dans une famille composée d'une petite fille de quatre ans et de deux garçons plus âgés, quand la petite Becca est tombée malade. Elle souffrait d'une tumeur virulente au cerveau.

Bo se pencha pour poser ses mains sur les siennes.

— La petite fille et moi avions développé un lien très fort.

Ollie continua son récit en expliquant qu'elle conduisait souvent Becca à ses séances de chimiothérapie, en raison des emplois du temps chargés de ses parents. Puis quand la petite fille avait été hospitalisée, elle avait passé de longues heures à son chevet et même dormi dans son lit pour qu'elle ne soit jamais seule. Elle jouait avec elle, lui racontait des histoires… jusqu'à ce que la maladie l'emporte. La mort de Becca l'avait anéantie.

— Ses parents se soutenaient l'un l'autre et, curieusement, ils géraient beaucoup mieux que moi la situation. Je ne dis pas qu'ils ne souffraient pas – ils étaient dévastés – mais je me sentais affreusement seule. Becca représentait ma raison de vivre à l'époque, alors que ses parents devaient s'occuper de leurs deux garçons et poursuivre leurs carrières. J'étais perdue. Je ne savais plus où aller ni quoi faire.

— Ta famille t'a-t-elle apporté un peu de réconfort ? Ton fiancé ?

Ollie secoua la tête d'un air triste.

— Je ne parle pas de mon travail à ma famille parce que ce sujet est source de disputes. Quant à mon fiancé, il ne comprenait pas pourquoi je m'étais impliquée autant. Il me disait de tourner la page.

L'expression de Bo ne laissait planer aucun doute sur ce qu'il pensait de l'attitude de Fred.

— Un mois après l'enterrement de Becca, les Friedman m'ont demandé de partir. Ma présence chez eux leur rappelait trop la perte de leur fille, et ils avaient besoin de retrouver une certaine sérénité, de tenir leur chagrin à distance. Ils avaient décidé de s'installer aux États-Unis et ils ne m'ont pas proposé de les suivre. Je comprenais leur décision, la trouvais même rationnelle, mais j'ai eu l'impression de sombrer dans un précipice sans fond.

— Chérie, murmura Bo.

Il lui manifestait sa compassion sans chercher à minimiser son chagrin, contrairement à Fred.

— Après leur départ, j'ai dit à Sabine que je n'accepterais plus de contrats longue durée parce que je ne voulais plus prendre le risque de m'attacher aux enfants qui m'étaient confiés.

— Je comprends ce que tu as pu ressentir. Depuis que Mat partage ma vie, j'ai l'impression que mon cœur est rempli de sa petite personne, qu'il fait partie de moi. Si on me le retirait, je ne m'en remettrais pas.

Ollie hocha la tête.

— Sans être la mère de Becca, je l'aimais comme s'il s'était agi de ma propre fille.

— Parle-moi d'elle, l'encouragea Bo en serrant ses mains entre les siennes.

Le réconfort qu'il lui apportait, son écoute, lui allèrent droit au cœur. Et pour la première fois de sa vie, elle s'autorisa à décrire le rayon de soleil qu'était Becca. Elle lui décrivit sa chevelure rousse, ses grands yeux bleus, ses sourires lumineux, sa joie de vivre. Et le courage dont elle avait fait preuve pour affronter la maladie.

Quand elle se tut enfin, Ollie se rendit compte que son visage ruisselait de larmes.

Bo tira un mouchoir de sa poche et, avec une douceur exquise, les lui essuya.

Puis, il la souleva dans ses bras pour l'emporter dans la chambre où il la combla de caresses et de baisers pour apaiser sa peine.

En lui permettant de s'épancher, de pleurer, il avait réussi là où tout le monde avait échoué avant lui. Jamais elle ne se remettrait totalement de la perte de Becca, mais son chagrin lui paraissait désormais moins lourd à porter.

Bo venait de lui offrir le cadeau le plus précieux qu'elle ait jamais reçu.

11

Avec Mat sur ses genoux, Ollie avait pris place à une terrasse ombragée dans les jardins de Tivoli. Le petit garçon semblait fasciné par les promeneurs qui passaient devant eux et qui, pour la plupart, ne manquaient pas de lui adresser un sourire.

Ollie semblait ravie, elle aussi.

Sans doute parce que sur les réseaux sociaux, ce matin-là, elle avait découvert que l'une de ses collègues préférées, Helen, une dame d'un certain âge rencontrée lors de sa première mission en France, passait des vacances à Copenhague avec la famille qui l'employait. Comme elle était libre ce jour-là, elle avait accepté une rencontre dans les jardins de Tivoli.

Helen ne se fit pas attendre longtemps. Lorsque Ollie aperçut sa silhouette toute en rondeurs, elle se leva prestement de sa chaise pour lui adresser de grands signes. Les deux femmes s'étreignirent avec chaleur avant de s'asseoir, l'une en face de l'autre.

De vingt ans son aînée, Helen s'était mariée jeune et, après la mort soudaine de son mari, avait commencé à travailler en qualité de nounou. Depuis qu'elle occupait cette fonction, elle avait connu deux familles seulement.

Parce qu'elle adorait les bébés, elle s'intéressa immédiatement à Mat. Elle le prit dans ses bras, le cajola, puis l'assit sur la table en face d'elle pour lui parler, lui sourire, jouer avec lui.

— Il est magnifique, dit-elle à Ollie avec un sourire ravi.

Les cheveux d'Helen commençaient à grisonner par endroits, mais ses yeux brillaient toujours avec la même intensité.

— Plus tard, il fera des ravages ! ajouta-t-elle avec un petit rire.

— Tu devrais voir son père, ne put s'empêcher de dire Ollie.

Helen plissa les yeux tout en l'observant attentivement.

— Il te plaît ?

Comment aurait-il pu en être autrement ?

Préférant éluder le sujet pour éviter d'avouer la liaison qu'elle entretenait avec le père de Mat, Ollie demanda à Helen des nouvelles de sa famille. Il s'agissait là d'un sujet sans risque qui les occupa un bon moment.

Sentant que le petit Mat s'agitait un peu, Helen le prit à nouveau dans ses bras et lui donna le biberon préparé plus tôt par Ollie. Très vite, le petit garçon se mit à cligner des yeux. Pas de doute, il s'endormirait avant d'avoir terminé son repas.

Quand il s'assoupit, Helen le déposa doucement dans sa poussette, et les deux femmes purent commander un thé accompagné de pâtisseries qu'elles dégustèrent avec ravissement. Une fois leur faim assouvie, elles reprirent leur conversation.

Les yeux rivés à ceux d'Ollie, Helen demanda soudain :

— Alors, dis-moi ce qui te préoccupe.

Beaucoup de choses... Bo, quitter Mat – à qui elle s'était bien trop attachée – rentrer au Royaume-Uni, retrouver ses parents.

— Il n'était pas prévu que je prenne cette mission... commença-t-elle avant de lâcher un soupir.

— Oui, je le sais. Sabine m'avait dit que tu souhaitais abandonner ce métier pour faire carrière... en qualité d'avocate, c'est cela ?

— Non, expert-comptable. Mes parents attendent de moi que je rejoigne l'entreprise familiale en septembre.

— Ce qui n'a pas l'air de t'enthousiasmer, je me trompe ? Dis simplement à ta famille que tu ne veux pas travailler pour eux. Sabine m'a informée de ton désir de t'associer avec elle.

Ollie n'en voulait pas à sa patronne d'avoir révélé cette information à Helen, tout simplement parce que les deux femmes étaient ses meilleures amies. Elle les considérait presque comme des sœurs.

— Elle m'a expliqué que tu achèterais des parts de la société et que dans deux ans, une fois qu'elle aurait pris sa retraite, tu en deviendrais l'actionnaire principale.

— Le rêve que je nourrissais, oui, admit Ollie avec un soupir.

— J'aimerais comprendre pourquoi tu ne profites pas de cette chance. Faudrait-il que tu t'installes en France pour diriger la société ?

— Pas nécessairement. Je peux être basée n'importe où en Europe. Il me serait possible de travailler à distance la plupart du temps. Bien sûr, il me faudrait me rendre à Paris de temps à autre, sans pour autant m'y installer.

— Alors, où est le problème ?

Ollie planta son regard dans le sien.

— Sabine t'avait fait la même offre il y a quelques années de cela. Pourquoi l'avais-tu refusée ?

— Parce que je préfère m'occuper des enfants, répondit Helen avec un sourire. Je n'ai pas envie de gérer une société. Tu sais que je ne fais pas ce métier pour l'argent – Helen avait hérité d'une fortune considérable à la mort de son mari, autrefois courtier en bourse – et j'aime faire partie des familles.

Ollie hocha la tête.

— Je comprends… Pour ce qui me concerne, il se trouve que j'ai promis à mes parents de travailler avec eux à mon retour au Royaume-Uni.

Helen plissa le nez.

— Cette promesse ne peut-elle pas être renégociée ?

Ollie lui expliqua l'importance que revêtaient les études

pour ses parents. À leurs yeux, l'éducation n'était pas un droit, mais un privilège. Et ils avaient le droit d'exiger un retour sur investissement.

— Mais... tu n'es pas un investissement ! protesta Helen.

Ollie posa une main sur la sienne. Elle ne voulait pas que son amie porte un jugement négatif sur ses parents.

— Ils m'aiment vraiment, tu sais. Nous sommes simplement en désaccord sur ce sujet. J'aurais beaucoup de mal à revenir sur ma promesse, à ne pas tenir parole. Ils ne méritent pas cela de ma part.

— Les attentes des parents représentent un poids énorme, je le sais bien, admit Helen. Leur as-tu dit que le métier d'expert-comptable ne t'intéressait pas ?

— Pas dans ces termes. Je suppose que je ne veux pas les décevoir encore plus que je ne l'ai déjà fait.

— À ta place, je leur parlerais, Ollie.

Voilà qui était plus facile à dire qu'à faire.

— Si je comprends bien, dans un mois environ, tu quitteras Copenhague ? reprit-elle après avoir dégusté une gorgée de thé.

Ollie lui fut reconnaissante de changer de sujet. Penser à ses parents la mettait à la torture.

— Oui, en effet. Cela m'attriste parce que c'est une ville que j'adore.

S'adossant à son siège, Helen croisa les jambes avant de déclarer :

— J'ai l'impression que tu t'es beaucoup attachée à Mat.

Comme son amie gardait le silence, elle ajouta :

— Depuis la mort de Becca, je m'inquiète pour toi.

La remarque lui alla droit au cœur.

— Oui, je me suis attachée à ce petit garçon, mais je me sens capable de partir, répondit-elle d'une voix un peu tremblante.

Percevant le trouble qui s'était emparé d'Ollie, Helen se pencha en avant.

— Seigneur, ne me dis pas que tu t'es entichée de son père aussi ? demanda-t-elle.

Incapable de répondre, Ollie baissa les yeux sur la tasse qu'elle tenait entre les mains. À quoi bon cacher la vérité à son amie ?

Helen posa une main sur la sienne pour l'encourager à parler.

— C'est un homme très séduisant, drôle, sympathique et, à la minute où j'ai croisé son regard, je me suis sentie attirée par lui.

— Aïe, cela m'a l'air sérieux.

— Oui, hélas, mais je t'en prie, Helen, ne me fais pas la morale en me disant que je suis sortie du cadre professionnel. Je le sais pertinemment. Je me suis conduite comme une idiote, mais... si c'était à refaire, je commettrais exactement les mêmes erreurs.

Helen hocha la tête, puis héla le serveur à qui elle commanda deux verres de vin.

Ollie pointa du doigt le petit Mat, endormi dans sa poussette.

— Je ne consomme pas d'alcool quand je suis en service.

— Pas de problème, répliqua Helen. Puisque je suis en congé, je boirai les deux.

Les deux amies échangèrent un sourire complice, après quoi Helen revint sur le sujet qui les occupait.

— S'il te plaît, Olivia, promets-moi de ne pas t'embarquer dans cette histoire.

— Ne t'inquiète pas, Helen...

Quels que soient ses sentiments pour Bo, Ollie se rendrait à la raison, elle n'avait guère d'autre choix. Occuper le poste de nourrice tout en étant la maîtresse de l'homme qui l'employait ne pouvait pas durer.

— Si je restais près de lui, reprit Ollie, j'attendrais un engagement de sa part, des promesses. Or Bo ne peut pas me les offrir.

Helen laissa échapper un long soupir.

— Au moins, ce qui me rassure, c'est que tu gardes les pieds sur terre.

— Je vais partir, et il le sait. Je crois que c'est la raison pour laquelle nous avons eu cette aventure. Il avait conscience que cela ne durerait pas. Je dois toutefois trouver quelqu'un pour me remplacer. J'ai beau fournir des CV à mon employeur, il ne les regarde pas.

— Lui as-tu expliqué que trouver une nourrice de qualité au dernier moment est quasiment impossible ?

— Oui, j'ai insisté sur ce point mais, comme il m'a recruté au dernier moment, il pense pouvoir récidiver.

— Impossible, déclara Helen.

Détournant les yeux, elle remercia le serveur qui venait de déposer les deux verres de vin devant elle puis plongea à nouveau son regard dans celui d'Ollie.

— Alors, que comptes-tu faire ? Vas-tu rentrer à Londres et parler à tes parents ?

Personne ne semblait comprendre ce que ce retour signifiait pour elle.

— Je leur ai fait une promesse. J'occuperai un poste d'expert-comptable durant cinq ans, après quoi j'ouvrirai peut-être une agence.

Helen roula des prunelles.

— Au bout de tout ce temps, tu seras complètement hors circuit !

— Merci pour cet optimisme !

— Mm... se contenta de répliquer Helen avant de poser brusquement son verre sur la table. Je suis sûre que tu vas trouver une solution et que les choses s'arrangeront.

L'île de Bornholm figurait parmi les plus beaux endroits jamais visités par Ollie jusque-là. Bo avait choisi de se garer en haut d'une colline, à l'est de l'île, pour avoir une vue imprenable sur le paysage. En contrebas se nichait un port entouré de rochers et, un peu plus loin, la ville offrait un cadre idyllique.

Attirée par la beauté du site, Ollie descendit de voiture après s'être assurée que Mat dormait paisiblement dans son siège auto. Bo l'imita aussitôt et vint se poster derrière elle pour l'entourer de ses bras.

— Où sommes-nous exactement ? demanda Ollie, émue par ce geste tendre qui lui réchauffait le cœur.

— En bas se trouve la ville de Gudhjem. J'y possède une maison de vacances. Je voulais te faire profiter de cette vue avant de nous y rendre.

Sur la route, Ollie avait consulté Internet pour se renseigner sur l'île de Bornholm et comprenait mieux à présent pourquoi on la surnommait « île du soleil ».

— On dirait un véritable havre de paix...

— C'en est un. Je crois que Dieu devait être de très bonne humeur lorsqu'il a créé cet endroit. L'île regorge de sites magnifiques, avec ses rochers, ses montagnes et ses forêts. Les habitants d'ici sont des gens sympathiques, chaleureux, et la nourriture y est savoureuse.

Ollie avait hâte de découvrir cette île et se réjouissait d'avoir Bo pour guide. Elle garderait de ce moment des souvenirs inoubliables.

— Viens-tu ici souvent ?

— Pas autant que je le voudrais, mais je séjournais beaucoup ici quand j'étais enfant. La maison appartenait à mon grand-père, et j'y passais tous mes étés. J'en ai hérité à sa mort.

Ollie mesurait la chance qui lui était offerte de passer un peu de temps dans cet endroit. Lorsque Bo lui avait proposé cette escapade, elle avait aussitôt accepté.

Chaque fois qu'elle découvrait un endroit nouveau, elle l'explorait avec grand plaisir. Avec Mat dans sa poussette, elle avait sillonné la ville de Copenhague de long en large, visité ses musées splendides, parcouru ses artères principales et fait le tour du port. Bo avait également pris la peine de lui faire découvrir des endroits plus cachés de cette ville qu'il adorait. Il l'avait emmenée à Dangor. Elle avait apprécié ses petites rues étroites bordées de maisons construites aux XVIIIe et XIXe siècle. Son vieux port lui avait beaucoup plu aussi.

Bien sûr, le temps pressait, et elle ne pourrait pas découvrir tous les sites méritant une visite. Dans dix jours, elle quitterait le Danemark. Chaque fois qu'elle pensait à son prochain départ, son cœur se serrait. Mais elle n'avait pas d'autre choix que celui de rentrer chez elle.

Toutefois, elle comptait profiter de ces courtes vacances avec Bo et son fils sur l'île de Bornholm. Trois jours après leur retour en ville, elle s'envolerait pour le Royaume-Uni.

Le cœur un peu lourd, elle prit une photo de Gudhjem et l'envoya à ses parents. Aussitôt, elle en reçut une en retour : celle de son futur bureau chez Cooper & Co. Elle aperçut au mur, derrière son poste de travail équipé d'un ordinateur dernier cri, une copie encadrée de son diplôme.

Cette vision lui fit l'effet d'un électrochoc.

Cette fois, sa décision était prise : elle ne rejoindrait pas sa famille à Londres. Elle avait cru pouvoir s'acquitter de sa dette envers ses parents en travaillant cinq ans avec eux, mais elle savait à présent que ce ne serait pas possible. Ni maintenant ni dans le futur.

Travailler dans un bureau ne lui procurait pas d'allergie – elle l'aurait envisagé sans problème avec Sabine comme associée – mais se concentrer sur des chiffres, des expertises pour le compte de grandes firmes, lui saperait le moral.

Elle ne désirait qu'une chose : rester auprès de Bo et de Mat et leur offrir tout son amour. Et même si elle savait cet objectif inatteignable, elle ne reviendrait pas sur sa décision. Elle prendrait des parts dans la société de Sabine et s'épanouirait à travailler à son côté.

La promesse faite à ses parents comptait, bien sûr, mais l'heure était venue d'avoir avec eux une conversation sérieuse.

— Tu me parais bien lointaine, murmura Bo à son oreille.

Ollie sursauta, comme si elle venait d'être prise en faute, puis se tourna vers lui pour plonger son regard dans le sien. Elle voulait graver son image à jamais dans ses prunelles. Pour cette escapade, il avait opté pour une tenue des plus décontractées : un jean, une chemise bleu ciel dont il avait retroussé les manches, et des chaussures bateau. Avec ses cheveux balayés par le vent et ce sourire étincelant, il avait un charme fou.

Au cours des dernières semaines, Ollie avait découvert l'homme qui se cachait derrière cette façade réservée qu'il offrait au monde. Il était doté d'un sens de l'humour qui la ravissait et d'une gentillesse qu'elle n'aurait jamais soupçonnée si tous deux n'avaient pas développé une relation aussi intime. Au quotidien, même s'ils ne passaient pas tout leur temps ensemble, ils se croisaient souvent et, chaque fois, leurs retrouvailles les enthousiasmaient tout autant l'un que l'autre.

— Tu es si belle, Olivia, murmura-t-il soudain contre ses lèvres.

Ollie ne doutait pas de sa sincérité lorsqu'il lui adressait des compliments. Elle s'en contentait, puisqu'elle savait que leur liaison n'avait pas d'avenir. Elle ne pouvait pas l'obliger à l'aimer, à s'engager dans une relation à long terme avec elle. Mais elle se sentait capable d'affronter ses parents, de revoir ses priorités en matière de carrière et de gérer sa vie comme elle l'entendait.

Toutefois, quitter cet homme risquait de lui infliger une blessure dont elle se remettrait difficilement, inutile de le nier…

12

Devant la grande baie vitrée qui offrait une vue magnifique sur la mer d'un bleu étincelant et sa plage de sable blanc, Bo prit le visage d'Ollie en coupe. À la lumière du soleil couchant, ses traits offraient un tableau d'une beauté inouïe. Depuis l'instant de leur première rencontre, deux mois auparavant, l'envie de séjourner avec elle sur son île préférée l'avait souvent assailli.

Enfin, ce moment était arrivé, et il voulait en profiter pleinement pour engranger des souvenirs éternels dans sa mémoire. Doucement, il entreprit de défaire les boutons de sa minirobe d'été pour admirer ses formes sublimes, puis se mit à dessiner d'un doigt aérien le contour de ses seins. Quand il sentit son corps trembler, il murmura :

— J'ai envie de prendre tout mon temps...

Le trouble qu'il percevait dans ses yeux le ravissait. Il savait que tous deux partageaient le même désir. Personne auparavant dans sa vie ne lui avait autant fait perdre la tête. Personne n'était jamais parvenu à percer la carapace dont il s'entourait. Ollie le connaissait mieux que quiconque.

L'idée de la perdre dans un peu plus d'une semaine le terrorisait. Comment se débrouillerait-il avec Mat ? Il ne voulait pas qu'elle parte, mais savait qu'elle ne pouvait pas rester. Elle devait honorer la promesse faite à ses parents et se consacrer à sa future carrière.

Bo chassa cette pensée de son esprit pour se consacrer au moment présent. À cet instant précis, rien ne comptait, excepté le désir que tous deux partageaient.

Doucement, il l'aida à se dévêtir complètement, après quoi il l'imita, et tous deux se laissèrent tomber sur le lit, leurs corps soudés dans une étreinte passionnée.

Longtemps, ils échangèrent baisers et caresses de plus en plus appuyées jusqu'à ce que leurs corps fusionnent pour ne plus en former qu'un seul.

Assise sur la plage en contrebas de la maison de Bo, Ollie regardait son amant se promener au bord de l'eau avec Mat dans les bras. Il portait un caleçon de bain bleu marine et un polo rayé bleu et blanc. Le père et le fils ne se quittaient pas des yeux, se souriaient, partaient parfois dans un grand éclat de rire. Visiblement, le petit garçon trouvait son père irrésistible.

Tous deux avaient développé une relation fusionnelle et Bo se savait capable désormais de s'occuper de son fils.

Le temps filait à toute vitesse, et Ollie nourrissait de grandes inquiétudes. Bo ne lui avait pas encore trouvé de remplaçante. Greta avait accepté de lui succéder quelque temps, mais il fallait qu'il trouve une solution plus pérenne.

Cet après-midi, pendant la sieste de Mat, Ollie obligerait Bo à consulter les cinq CV sélectionnés par Sabine et elle. Impossible pour elle de partir sans avoir la certitude que le petit garçon serait pris en charge par une personne de confiance.

Elle brûlait d'envie de rester auprès d'eux…

Malgré sa volonté de ne plus s'attacher à quiconque dans le cadre de ses missions, elle avait développé une profonde affection pour Mat et, inutile de le nier, elle aimait Bo à la folie…

Mais il fallait qu'elle parte.

La nuit précédente, lovée tout contre son amant, elle avait réfléchi aux options qui s'offraient à elle, parmi lesquelles obtenir un prêt pour s'associer avec Sabine et rembourser une partie des frais engagés par ses parents pour lui payer ses études. Si elle optait pour cette solution, où valait-il mieux qu'elle réside ? À Paris ? À Londres ?

Si elle ne pouvait envisager de s'installer à Copenhague, où se voyait-elle vivre ? Elle n'en avait pas la moindre idée. Certes, elle pouvait s'établir n'importe où en Europe puisqu'elle travaillerait essentiellement à distance. Elle avait envisagé plusieurs options sans qu'aucune lui paraisse convenir. Elle se trouvait donc confrontée à un casse-tête insoluble.

Toutefois, avant de prendre la moindre décision, elle devait s'entretenir avec ses parents, convenir d'un accord avec eux, puis s'entendre avec Sabine avec qui elle voulait s'associer.

Copenhague figurait tout en haut de sa liste, mais Bo n'avait certainement pas envie qu'elle réside près de lui. Ils avaient partagé une aventure sans lendemain, rien de plus. Ce n'était pas un homme égoïste ou insensible, bien au contraire. Il savait faire preuve de gentillesse, de tendresse et d'attention. Pour couronner le tout, c'était un amant extraordinaire…

Hélas, à aucun moment, il n'avait suggéré qu'elle reste.

Et même s'il l'évoquait à un moment ou à un autre, elle ne pourrait s'en contenter. Elle avait besoin de beaucoup plus de sa part pour envisager de s'installer à Copenhague. De son amour, de sa confiance, d'une forme d'engagement…

Soudain, la sonnerie de son téléphone la sortit de ses pensées. Comme le nom d'Helen s'affichait sur son écran, elle accepta l'appel vidéo.

— Salut, toi ! Où es-tu ?

Le visage souriant de son amie lui apparut. Derrière elle, accroché au mur, Ollie reconnut un tableau de Degas. Probablement un original, car Helen travaillait pour une famille fortunée.

— Eh bien, la situation dans laquelle je me trouve est sur le point de changer. Les garçons sous ma garde ont grandi. L'un d'entre eux est déjà en internat et l'autre ne va pas tarder à le suivre. Le plus jeune est âgé de dix ans, mais Adèle, sa maman, prévoit de travailler le plus possible à distance désormais, ce qui lui permettra de s'en occuper.

Ollie plissa les yeux.

— Vont-ils te laisser partir ?

Helen hocha la tête d'un air attristé. Ce n'était jamais facile de quitter une famille, surtout après avoir vécu longtemps avec elle.

— Comment te sens-tu ? demanda Ollie.

Helen lui offrit un sourire.

— Mieux qu'eux, en toute honnêteté ! Hier soir, ils étaient en larmes quand ils m'ont annoncé leur décision. Ils ne veulent pas que je m'en aille, mais je n'aurai pas grand-chose à faire si je reste. Ils tenaient à me rassurer sur le fait qu'ils n'ont absolument rien à me reprocher.

Ollie sourit à son tour, fière de son amie et de l'excellente relation qu'elle avait entretenue avec cette famille.

— En réalité, je crois qu'un changement me ferait du bien, admit Helen. C'est d'ailleurs la raison de mon appel…

Ollie fronça les sourcils, surprise.

— Je suis tombée amoureuse de Copenhague quand j'y ai séjourné, et cela me plairait beaucoup d'y revenir.

— J'adorerais te recevoir, mais je pars dans une semaine.

— En fait… si le poste de nourrice n'est pas encore pourvu, je serais ravie de te remplacer.

Il fallut quelques secondes à Ollie pour comprendre ce que Helen lui disait. Soudain, elle poussa une exclamation de plaisir.

— Tu es sérieuse ?

S'il n'en tenait qu'à elle, elle recruterait son amie sur-le-champ. Chaleureuse, drôle, organisée, Helen adorait les enfants, quel que soit leur âge. Alors qu'elle avait obtenu un diplôme pour enseigner, elle préférait travailler en qualité de nourrice. Elle était aux yeux d'Ollie la candidate idéale pour s'occuper de Mat.

— Le poste est-il vacant ? insista Helen.

En levant les yeux, Ollie vit que Bo revenait vers elle.

— Oui, principalement parce que mon employeur n'a pas encore daigné jeter un œil aux CV des candidates. Envoie-moi le tien et je plaiderai en ta faveur. Je ne pourrais pas laisser Mat entre de meilleures mains que les tiennes.

Helen pencha la tête de côté.

— C'est curieux... J'ai l'impression que ton futur départ ne t'enthousiasme pas.

Bien vu de la part d'Helen. Mais Ollie préféra éluder.

— Envoie-moi tout de suite ton CV et je le mettrai sous les yeux de mon patron. De toute façon, j'avais prévu de m'entretenir sérieusement avec lui cet après-midi.

— Très bien, je vais le faire.

Ollie leva les yeux vers Bo qui approchait avec un grand sourire sur les lèvres.

Seigneur, la conversation qu'elle s'apprêtait à avoir avec lui risquait de s'avérer difficile.

— Je te rappelle très vite, Helen, envoie-moi ton message, d'accord ?

Ollie raccrocha puis se leva pour épousseter le sable qui collait à son short. Comme Mat la dévorait des yeux d'un air suppliant, elle le prit dans ses bras. Visiblement, l'air de la mer l'avait épuisé.

Tout en ramassant les draps de bain reposant au sol, Bo lui adressa un nouveau sourire.

— Prête pour rentrer ?

Ollie acquiesça d'un signe de tête.

Après une douche rapide, Ollie quitta la suite principale pour se rendre dans le bureau adjacent. Elle alluma l'ordinateur pour imprimer les cinq CV en mémoire dans ses courriels, ravie d'y ajouter celui d'Helen.

Elle ne devait plus tarder pour interroger Bo sur ses intentions. Elle voulait trouver la nourrice la plus compétente pour s'occuper de son fils et recruter Helen lui paraissait être le meilleur choix. Cette dernière permettrait à Bo d'exercer son métier en toute tranquillité, et Mat connaîtrait la stabilité, puisqu'elle n'hésiterait pas à s'engager sur une mission de longue durée. Grâce à elle et à Bo, le petit garçon recevrait tout l'amour qu'il était en droit d'attendre.

Le seul point qui attristait Ollie était qu'il l'oublierait.

Et Bo, finirait-il par l'oublier lui aussi ? Serait-elle reléguée au plus profond de sa mémoire ? Pendant quelques mois, il se rappellerait sans doute son visage, mais celui-ci s'estomperait jusqu'à disparaître complètement d'ici quelques années.

Ollie prit une profonde inspiration pour retenir les larmes qui menaçaient d'inonder son visage.

Tu ne peux rien changer à cette situation, Olivia, alors reprends-toi.

Plus facile à dire qu'à faire. Bien qu'elle ait tout essayé au début de sa mission pour que cela ne se produise pas, elle nourrissait un profond attachement à l'égard de Bo et de son fils.

D'humeur sombre, Ollie quitta la chambre de la maison d'été de Bo pour se rendre sur la terrasse située en surplomb de la plage où elle était certaine de retrouver son amant et employeur. Accoudé à la rambarde, il tenait une bière à la main et contemplait la mer. Les cheveux au vent, il lui offrait un tableau d'un charme fou. Elle savait que cette image demeurerait à tout jamais gravée dans son souvenir.

Quand il se tourna vers elle, il lui adressa un sourire lumineux.

— Je t'offre quelque chose à boire ?

Elle secoua la tête. Au lieu de venir se blottir contre lui comme elle le faisait d'ordinaire, elle prit place à la grande table de bois dressée sur la terrasse et l'invita à la rejoindre. Un peu surpris, Bo obtempéra et fronça les sourcils en voyant les papiers que venait de poser Ollie devant elle.

— Il fait trop beau pour passer aux choses sérieuses, Ol. Profitons de ce moment où nous sommes seuls pendant que Mat dort.

Ollie se sentit faiblir. Elle adorait le petit garçon, mais elle aimait encore plus l'intimité qu'elle partageait avec Bo, qu'ils s'entretiennent de tout et de rien ou se donnent l'un à l'autre…

Mais à cet instant précis mieux valait y renoncer, car tous deux devaient discuter de choses sérieuses.

Ollie posa la main sur les CV et leva les yeux vers Bo.

— Jusqu'ici, tu as refusé de parler de mon remplacement, mais nous ne pouvons plus repousser l'échéance.

Bo porta la bouteille de bière à sa bouche d'un air agacé. Il aimait prendre lui-même certaines initiatives, comme celle d'engager une conversation sérieuse, mais cette fois Ollie ne lui permettrait aucune échappatoire. La situation devenait urgente.

— Il y a environ deux semaines, je t'avais dit avoir rencontré mon amie Helen à Copenhague, t'en souviens-tu ? C'était lors d'une promenade dans les jardins de Tivoli avec Mat.

— Vaguement, répondit Bo en haussant une épaule.

Bien sûr qu'il se le rappelait, car cet homme était doté d'une mémoire infaillible.

— Helen est une nourrice des plus compétentes et aussi une personne adorable. Elle vient de passer plus de dix ans auprès de la même famille, mais elle doit aujourd'hui aller de l'avant puisque sa mission est sur le point de s'achever. Elle a exprimé le souhait de s'occuper de Mat, et je pense que tu commettrais une grave erreur si tu ne saisissais pas cette chance.

— Je ne suis pas encore prêt à décider d'une nouvelle nourrice pour Mat, s'obstina Bo.

— Je pars bientôt, tu le sais ! Si tu recrutes Helen aujourd'hui, elle pourra demander un préavis de deux semaines à ses employeurs actuels. Comme ils l'adorent, ils le lui accorderont sans hésiter. Dès qu'elle aura pris son poste, tu pourras travailler en toute tranquillité.

— Greta est d'accord pour me seconder.

— Greta ne représente pas une solution à long terme. Elle a sa propre vie. Pourquoi t'obstines-tu à faire l'autruche ? Cela ne te ressemble pas.

Agacé par le tour que prenait leur conversation, Bo se leva brusquement de sa chaise pour retourner s'appuyer à la rambarde de la terrasse.

Ollie le suivit et posa une main douce dans son dos.

— Que se passe-t-il, Bo ? demanda-t-elle d'un ton très doux.

— J'ai besoin que tu restes ici, Ol.

— Tu sais bien que je ne peux pas faire cela ! C'est impossible.

Se redressant, Bo pivota sur ses talons et croisa les bras sur sa poitrine.

— Tu le peux. Il te suffit d'appeler tes parents pour leur dire que tu n'as pas envie d'occuper un poste d'expert-comptable et Sabine pour l'informer que tu ne prendras pas de parts dans sa société. Reste avec Mat et moi à Copenhague.

Ollie n'en croyait pas ses oreilles. Comment Bo pouvait-il lui demander de ne pas honorer la promesse faite à ses parents et d'abandonner son envie de travailler avec Sabine ?

Elle le fusilla du regard, furieuse de cette attitude égoïste de la part de son amant. Ce n'était pas l'homme qu'elle avait appris à connaître et qu'elle aimait.

Ollie inspira profondément pour s'empêcher d'exploser de colère.

— Dès le départ, je t'avais prévenu. Tu savais que je ne pouvais pas rester plus de deux mois. J'ai l'intention d'annoncer à mes parents que je ne les rejoindrai pas et que je leur rembourserai les frais occasionnés par mes études.

— À combien s'élèvent-ils ? Je les prendrai en charge. Je peux transférer l'argent dès aujourd'hui.

Abasourdie, Ollie serra les lèvres. Elle se tut un instant dans l'espoir qu'il lui présente des excuses et ravale ses propos.

En vain.

— Et comment pourrais-je te rembourser ? demanda-t-elle d'un ton acerbe.

— Nous trouverons un terrain d'entente.

Comment ? En veillant sur Mat et en couchant avec son père ?

— Jamais je ne te permettrai de payer mes dettes à ma place, siffla-t-elle. Tu as beau être un merveilleux amant et Mat un adorable petit garçon, j'ai ma propre vie à mener et des buts à atteindre. J'ai besoin de beaucoup plus que ce que tu as à m'offrir, Bo.

Ollie pensait vraiment ce qu'elle venait de dire. Occuper un poste de nourrice lui avait beaucoup plu, mais elle ne souhaitait pas poursuivre dans cette direction cinq ou dix ans de plus. Même si le métier d'expert-comptable ne lui convenait pas, les compétences acquises dans le cadre de ses études lui seraient très utiles si elle développait une affaire.

Bo passa une main nerveuse dans ses cheveux.

— En quoi ce que nous vivons en ce moment te dérange-t-il ?

Comment osait-il lui poser une telle question ? Cette fois, la coupe était pleine.

— Je ne peux pas continuer à m'occuper de ton fils la journée et réchauffer ton lit la nuit. Ne te rends-tu pas compte de ce que tu me demandes ?

— Tu aimes la compagnie de Mat et la mienne.

Évidemment, pour autant Ollie ne pouvait pas s'en contenter, du moins à long terme. Même si Bo lui déclarait son amour, devenir sa compagne et la maman de Mat ne lui suffirait pas. Elle voulait utiliser son cerveau, son intelligence, se réaliser sur le plan professionnel, voler de ses propres ailes. Elle ne voulait pas renoncer à ses rêves et à ses ambitions.

— J'ai besoin de plus.

Elle le vit alors plisser les yeux et enfoncer les mains dans ses poches, l'air furieux.

— Tu attends beaucoup plus de ma part, n'est-ce pas ? Une alliance à ton doigt, par exemple ? Ou bien que je te dise à quel point je t'aime et à quel point tu m'es indispensable ?

Les mots mordants qu'il venait d'employer et le regard glacial qu'il portait sur elle lui firent l'effet d'un coup de scalpel en plein cœur.

Non, elle ne pleurerait pas.

Refoulant ses larmes, elle leva fièrement le menton.

— Mon contrat s'achève, déclara-t-elle d'un ton ferme, et tu as besoin d'une nourrice. Je t'ai trouvé la candidate idéale. J'espère que tu la recruteras, parce que sinon tu le regretteras. Quant à moi, je m'en tiens à ce que je t'avais annoncé dès le départ : je passe à autre chose, que cela te plaise ou non.

— Tu ne me sembles pas aussi sûre de toi que tu l'affirmes. N'est-ce pas des larmes que je devine au coin de tes yeux ?

Bo savait probablement qu'elle était amoureuse de lui et qu'elle attendait davantage de sa part. Mais elle refusait de lui avouer la profonde affection qu'elle avait développée pour lui. Déclarer son amour sans obtenir la même chose en retour lui transpercerait le cœur.

Bo ne l'aimait pas, ne l'aimerait jamais, probablement parce qu'il en était incapable.

Tant pis s'il avait remarqué les larmes qui menaçaient de ruisseler sur ses joues. Elle n'essaierait pas de les justifier. L'heure était venue de prendre congé.

Il lui restait quelques jours à passer près de Bo d'ici la fin de sa mission. Il fallait donc qu'elle demeure professionnelle jusqu'au bout.

Retournant à la table que tous deux occupaient précédemment, elle empoigna les CV et les plaqua sur la poitrine de Bo, mais ce dernier, au lieu de les agripper, les laissa choir au sol.

Trop fière pour s'abaisser à les ramasser, Ollie fonça les sourcils.

— Recrute une nourrice, Sorenson.

Puis, elle tourna les talons pour cacher le trop-plein d'émotions qui l'assaillait.

13

Bo regarda Ollie s'éloigner, le cœur lourd. Depuis quelque temps, il la soupçonnait d'avoir développé des sentiments profonds pour lui.

Il l'avait deviné dans ses yeux, ses sourires, ses soupirs, les gestes affectueux qu'elle lui destinait. Malgré son désir de ne pas s'attacher à nouveau, elle n'y était pas parvenue, ni à l'égard de Mat ni à son égard.

Elle aimait le petit garçon dont elle avait la charge et son père aussi, de toute évidence...

Quant à lui, il l'aimait aussi, mais cela ne suffisait pas. L'amour ne suffisait jamais.

Il lui serait facile de lui avouer qu'il avait des sentiments pour elle – il ne mentirait pas – et de lui demander de rester. Tous deux mèneraient une vie des plus agréables tout en entourant Mat d'affection et, pourquoi pas, en mettant au monde d'autres enfants. Si Ollie demeurait à Copenhague, elle résoudrait bon nombre des problèmes qui l'occupaient.

Mais...

Elle semblait incapable de se contenter d'une vie d'épouse et de mère de famille. Elle voulait développer une affaire, marquer le monde de son empreinte. Au plus profond de lui, Bo comprenait ce désir d'indépendance. Toutefois, il brûlait d'envie de savoir si elle était capable de sacrifices, contrairement à sa mère.

Alors qu'elle s'apprêtait à disparaître de sa vue, il la retint par ces mots :

— Tu ne peux pas tout avoir, Ollie.

Surprise, elle se retourna.

— Que veux-tu dire par là ? demanda-t-elle en plissant les yeux.

— Si tu restais, il te faudrait choisir entre Mat et moi et une carrière. Nous serions ta seule et unique priorité.

Ollie le regarda longuement avant de dire :

— Tu me demandes donc de continuer à être ta maîtresse et la nourrice de Mat ? Bon sang... Mais si j'acceptais, que retirerais-je d'une telle offre ?

Bo haussa les épaules tout en écartant les bras, comme pour embrasser le décor qui les entourait.

— Tu vivrais dans l'un des plus beaux pays du monde, dans l'une des capitales les plus excitantes de la planète et séjournerais dans des villas somptueuses. Mat et toi voyageriez avec moi, je te verserais une généreuse allocation et...

Soudain, comprenant à la pâleur d'Ollie qu'il était allé trop loin, Bo se tut. Il sonda son regard pour tenter de comprendre ce qu'elle ressentait. En vain.

— Non, finit-elle par lâcher d'un ton sec.

Cette fois, le doute n'était plus permis. Même s'il s'attendait à un refus de sa part, il ne put s'empêcher de ressentir une profonde frustration.

Il la vit regarder dans le lointain avant de reporter son attention sur lui. Cette fois, la déception qu'elle ressentait se lisait dans ses yeux.

— Tu m'as fait cette offre tout en sachant que je ne l'accepterais jamais. C'est indigne de toi. Le plus triste dans cette histoire, c'est que tu n'as aucune idée de ce que j'attends de toi.

— Dis-le-moi !

— Un soutien indéfectible. Que tu me laisses voler de mes propres ailes tout en m'assurant de ton aide en cas d'échec. Que tu m'aimes suffisamment pour me permettre d'atteindre tout mon potentiel en tant que personne. Je le mérite, Bo. Et, si tu ne peux pas le voir, si tu ne peux pas me satisfaire, alors il est normal que je m'en aille.

La colère, la douleur et la déception se lisaient sur le visage d'Ollie, et il eut l'impression qu'une main lui broyait le cœur. Il l'avait blessée sans le vouloir.

Ollie plissa les yeux avant d'ajouter :

— Laisse-moi te proposer une contre-offre : pourquoi ne pas rester chez toi à temps plein pour t'occuper de Mat ? Avec la fortune dont tu disposes, je suis certaine que tu n'as pas besoin de travailler. Pourquoi ne pas te consacrer pleinement à ton fils ? Pendant ce temps, moi je développerai mon affaire.

Abandonner la conception de bateaux ? Ne plus s'occuper des Yachts Sorenson ? Ollie avait-elle perdu la tête ? Avant qu'il puisse lui dire à quel point sa suggestion était ridicule, elle reprit la parole :

— Impossible, n'est-ce pas ? Je le lis sur ton visage. Pourquoi n'aurais-je pas la même envie que toi de me développer sur le plan professionnel ?

Bo passa une main dans son cou d'un air las.

— Je conçois des yachts, et tu travailles en qualité de nourrice… ce n'est pas la même chose.

— Faux ! Cet argument ne tient pas la route, Sorenson.

Elle leva la main pour l'empêcher de la contredire et ajouta :

— Nous tournons en rond. Je veux tout cela, Bo, et tu ne peux pas me le donner. Tu le sais aussi bien que moi. Alors je vais nous faciliter la tâche et disparaître de ta vie. J'ai survécu à la mort de Becca et je survivrai à la perte de Mat et à la tienne. Ce sera douloureux, mais j'y arriverai.

Elle écarta les mèches qui lui barraient le front et tenta de sourire.

— Ai-je commis une grave erreur en m'attachant à toi ?

Évidemment. Je savais que cela se terminerait ainsi. Malgré tout, je ne regrette pas les deux mois merveilleux passés avec Mat et toi ni d'avoir pris le risque d'aimer et de sortir de ma zone de confort. L'expérience en valait la peine.

Jetant un regard sur les feuilles de papier éparpillées au sol, elle ajouta :

— Recrute Helen, Bo, tu ne le regretteras pas.

Aimer.

Un petit mot de cinq lettres seulement et qui avait le pouvoir de faire perdre la tête. Un mot absent du vocabulaire de Bo. Car s'il avait ressenti de l'amour pour elle, il l'aurait encouragée à s'accomplir.

Ollie aimait le travail qu'elle avait exercé jusqu'ici, mais nourrissait aujourd'hui d'autres ambitions. Elle se sentait capable d'embrasser une carrière tout en fondant une famille. Comme ses parents avant elle.

Toutefois, elle comprenait les réticences de Bo. Il avait vécu une expérience malheureuse auprès de Bridget et n'avait pas développé une relation de qualité avec son père. Sa mère s'était consacrée uniquement à sa carrière. Elle n'avait jamais aimé ni éprouvé le moindre intérêt pour son mari ou son fils.

Comment pouvait-il la comparer à son odieuse génitrice ? Elle ne lui ressemblait pas. Ollie connaissait les frontières entre le privé et le professionnel. Sa propre mère lui avait donné l'exemple. Bien qu'elle ait toujours travaillé à plein temps, elle n'avait jamais négligé ni ses frères ni elle. Ses parents avaient toujours veillé à rentrer à la maison à des heures raisonnables pour passer du temps avec leurs enfants. Ils prenaient leurs dîners en famille et passaient tous les week-ends ensemble. Malgré le désaccord qui l'opposait à eux, elle les trouvait fantastiques.

Toutefois, Ollie avait pris une décision capitale : mener sa propre vie comme elle l'entendait, quelles que soient les pressions exercées par ses parents. La mort prématurée de Becca lui avait fait prendre conscience du temps qui passait. La vie était trop courte pour la gâcher.

Elle trouverait le moyen de répondre aux attentes de ses parents d'une manière différente de celle qu'ils lui avaient suggérée. Pour cela, elle devait à tout prix leur parler et faire valoir son point de vue. Sans doute aurait-elle dû envisager cette conversation bien plus tôt, mais la mort de Becca l'avait plongée dans un désarroi dont elle avait eu beaucoup de mal à se remettre.

Après les mots terribles échangés avec Bo deux jours auparavant, elle se sentait suffisamment confiante aujourd'hui pour affronter sa famille.

Alors qu'elle marchait sur la plage, elle leva les yeux vers la maison qu'elle avait quittée au petit matin après une nuit sans sommeil passée seule dans une chambre d'amis.

Un séisme s'était produit dans sa relation avec Bo. Tous deux avaient prononcé des mots qu'ils ne pouvaient guère ravaler. Ollie éprouvait trop de colère et de déception pour accepter de dormir avec lui ou même pour continuer à lui parler. Alors, elle avait rassemblé toutes ses affaires pour s'installer ailleurs, le plus loin possible de la chambre de Bo.

Soudain, le babyphone se mit à vibrer dans sa main et elle en augmenta le volume. L'heure était venue pour elle de regagner la maison et de s'occuper du petit garçon. Malgré la fatigue qu'elle ressentait, elle devait s'acquitter de sa mission, aussi difficile celle-ci lui paraissait-elle.

— Bonjour, mon petit bonhomme !

La voix de Bo dans le babyphone lui serra le cœur. Au bord des larmes, elle se laissa tomber sur le sable et posa le front sur ses genoux repliés. Entendre son amant dire à son fils à quel point il l'aimait lui infligeait une blessure atroce.

— Ce matin, j'ai parlé à une dame adorable qui souhaite te rencontrer à nouveau, entendit-elle soudain. Tu as fait sa connaissance dans les jardins de Tivoli. Je lui ai parlé hier et elle me paraît géniale. Je suis sûr que tu l'aimeras beaucoup. Elle sera ta nourrice à temps plein. Quant à moi, rassure-toi, je ne me laisserai plus distraire.

Helen ?

L'oreille rivée au babyphone, Ollie se concentra sur les propos de Bo.

— Je lui ai dit que j'avais besoin d'elle de toute urgence, et elle a accepté de prendre son poste à la fin de la semaine. Ollie te manquera, bien sûr, à moi aussi, mais nous n'avons pas trouvé de terrain d'entente.

Ollie se rembrunit en entendant ces derniers mots. Bo n'avait pas cherché de terrain d'entente avec elle. Il n'avait fait qu'imposer ses exigences.

Malgré son envie de se ruer dans la maison pour affronter son amant, elle renonça à ce combat qui risquait de lui ôter ses dernières forces. Alors, elle éteignit le babyphone pour ne plus entendre les voix de Mat et Bo. Puisque le père et le fils passaient du temps ensemble, elle pouvait s'attarder encore un peu sur la plage de cette île paradisiaque. Un lieu qui resterait gravé dans sa mémoire, avec ses magnifiques moments et d'autres plus sombres...

Helen arriva à Copenhague le jour de leur retour de Bornholm, et Ollie l'aida à s'installer dans l'aile qui lui était réservée. Puis, elle entreprit de former son amie au travail qui serait le sien auprès de Mat. Le petit garçon accueillit la nouvelle venue à bras ouverts. Malgré l'immense tristesse qui l'étreignait, Ollie se félicitait de l'entente qui régnait déjà entre Mat et sa nouvelle nounou.

Depuis l'arrivée d'Helen, Bo l'évitait soigneusement et quand il la croisait, ne lui adressait presque pas la parole. Ollie ne reconnaissait plus l'homme avec qui elle avait vécu une relation très forte. L'homme qui la faisait rire, lui faisait l'amour avec passion…

Le matin de son départ, Ollie s'était promis de ne pas pleurer, mais des larmes lui brûlèrent les yeux quand elle serra Mat dans ses bras pour la dernière fois avant de le rendre à Helen qui le ramena dans la maison, la laissant seule sur le perron.

Bo déposa ses bagages dans le taxi et quand il la rejoignit, elle n'eut pas la force de le regarder dans les yeux.

— Je suis désolé de ne pas pouvoir te donner ce dont tu as besoin, Oliva, lui dit-il en ouvrant la portière du taxi.

Elle leva les yeux vers l'homme qu'elle s'apprêtait à quitter à tout jamais et, prenant son courage à deux mains, se décida à faire preuve de la plus grande honnêteté.

— Je t'aime et j'aimerais vivre avec toi. J'adorerais t'aider à élever Mat sans pour autant renoncer à une carrière. Si je restais, jamais je ne vous blesserais ton fils ou toi.

Après un long silence, Bo secoua la tête.

— Ce que tu me demandes comporte un risque que je ne peux pas prendre. Désolé, Ollie, c'est impossible.

Elle hocha la tête tout en refoulant ses larmes.

— Je savais que je ne te convaincrais pas, mais je me devais d'essayer.

Comme tout était dit, Ollie se dressa sur la pointe des pieds pour déposer un baiser sur la joue de son amant. Après avoir respiré pour la dernière fois son eau de toilette, elle conclut sur ces mots :

— Au revoir, Bo. Embrasse très fort ton petit garçon pour moi…

Sur ces paroles, elle s'installa sur le siège arrière du taxi, en referma la porte et posa la tête sur le dossier.

Son aventure à Copenhague s'achevait. Ollie devait à présent aller de l'avant et trouver le moyen de vivre sa vie, sans Mat et Bo.

14

Ses parents ayant défini un code vestimentaire strict pour leurs employés – costume et cravate pour les hommes, tailleur ajusté pour les femmes –, l'arrivée d'Ollie dans les locaux de la société ne passa pas inaperçue, car elle n'avait pas jugé utile de troquer son jean contre une tenue plus réglementaire.

Sous les regards curieux des employés, elle emprunta le long couloir qui menait aux bureaux occupés par les membres de sa famille. Elle jeta un coup d'œil vers celui qui lui était destiné et secoua la tête. Non, pas question qu'elle l'occupe un jour.

Soudain, elle vit apparaître ses deux parents dans la grande salle de réunion. Songeuse, elle les observa longuement. Son père avait toujours une allure digne et élégante et sa mère, un peu plus ronde que par le passé, portait une tenue très soignée, comme à son habitude. Débordant d'énergie, c'était une femme capable de remplir simultanément une multitude de tâches. Son exemple prouvait à Ollie qu'il était possible de mener une vie d'épouse, d'amante, de mère et de femme d'affaires. Hélas, même si elle avait la conviction de pouvoir s'assumer pleinement, elle n'était pas parvenue à convaincre Bo.

Son amant lui manquait déjà terriblement. Depuis son départ de Copenhague trois jours auparavant, elle n'avait reçu aucune nouvelle de lui. Seule Helen lui avait envoyé quelques messages accompagnés de photos de Mat. Tout semblait aller pour le mieux.

Quand ses parents avisèrent sa présence sur le seuil de la pièce, Ollie s'avança vers son père pour se blottir dans ses bras et poser la tête contre son torse. Puis, elle embrassa sa mère qui, très vite, en vint à l'objet de leur rencontre.

— Nous avons une journée bien remplie, aussi ne perdons pas de temps.

Elle fronça légèrement les sourcils avant d'ajouter :

— Ce n'est pas la tenue idéale pour venir travailler, Olivia.

— Je ne suis pas l'une de tes employées, maman, répliqua Ollie en prenant place à la grande table ronde.

Attends-toi à un feu d'artifice, à des reproches, à des haussements de voix, mais ne te laisse pas impressionner.

— Je suis venue vous voir parce que je suis supposée commencer à travailler ici dans dix jours, commença-t-elle.

Jasmine se pencha en avant, l'air contrarié.

— Olivia, s'il te plaît, ne me dis pas que tu as accepté une autre mission de nourrice ! Notre accord stipule que tu dois rejoindre notre société.

Ollie secoua la tête.

— C'est impossible, maman, ne me demande pas une chose pareille. Je sais que vous avez dépensé une somme folle pour mes études et je m'engage à vous dédommager. Je peux vous verser un premier règlement dès cet après-midi, après quoi nous pourrions nous entendre sur un plan de remboursement en deux ans avec intérêts, si vous êtes d'accord.

Jasmine semblait avoir reçu un tronc d'arbre sur la tête et son père, curieusement, ne paraissait pas le moins du monde étonné. Il s'adossa à son siège, croisa les bras et ébaucha un sourire.

— Nous n'avons jamais envisagé que tu nous rembourses tes frais de scolarité, et je suis désolé que tu aies pu croire une chose pareille. T'offrir une bonne éducation était notre choix. Nous savons que tu aimes ce que tu fais, mais tu es dotée de grandes capacités. Non pas que ton travail actuel ne soit pas digne de toi, mais j'aimerais que tu utilises mieux ton intelligence et les compétences que tu as acquises. Toutefois, si tu souhaites continuer à travailler en qualité de nourrice, nous t'apporterons tout notre soutien.

Il tourna la tête vers sa femme qui, après une légère hésitation, finit par hocher la tête en signe d'assentiment.

— Tu es libre de tes choix, Olivia, mais je regrette que tu prennes cette décision. Dans notre société, tu aurais gagné un très bon salaire et obtenu des avantages de choix.

— Je gagne déjà très bien ma vie, maman.

Soucieux de ne pas envenimer les choses, son père intervint :

— Alors, quels sont tes projets, Olivia ?

— Je souhaite m'associer à Sabine et, si vous ne me demandez pas de rembourser mes études, je...

— Il n'en est pas question, rassure-toi.

Elle lui adressa un sourire empli de gratitude.

— À terme, il est aussi question que j'acquière l'intégralité des parts de la société, ajouta-t-elle.

Son père hocha la tête puis se gratta le menton.

— À combien s'élèvera ta participation dans un premier temps ?

Ollie lui indiqua le chiffre, après quoi son père déclara :

— Très bien. Demande à Sabine de m'envoyer les comptes de la société pour que je les étudie. Je ne laisserai pas ma fille s'embarquer dans une affaire sans en avoir vérifié la rentabilité.

Ollie dut se retenir pour ne pas se ruer dans les bras de son père. Ce dernier lui adressa un clin d'œil complice avant d'ajouter :

— Et tu ne vas pas te contenter de quelques parts. Avec l'argent dont tu disposes, tu pourrais acquérir la moitié de la société.

Ollie écarquilla les yeux, surprise. Son père avait-il perdu la tête ? Elle ne disposait pas de moyens suffisants pour ce genre de folie.

— Papa, c'est impossible !

— J'ai reçu un e-mail de Bo Sorenson il y a quelques jours.

Bo ? Son Bo ? Que se passait-il ?

— Il a transféré cent mille livres sur notre compte d'entreprise avec des instructions précises : tu peux utiliser cet argent comme bon te semble. Il explique qu'il s'agit d'un bonus pour t'être si bien occupée de son fils. Tu n'exagérais pas en disant que tes employeurs possédaient beaucoup d'argent, ma chérie.

— Pourquoi te l'a-t-il en envoyé à toi ?

— Il préférait ne pas passer par l'agence pour que cela demeure confidentiel. Par ailleurs, il avait la certitude que tu ne lui communiquerais pas tes références bancaires s'il te les demandait.

Non, en effet, elle n'aurait pas accédé à sa requête, car elle avait déjà reçu une prime par l'intermédiaire de Sabine, du montant prévu dans le contrat initial. Bo avait décidé de la payer davantage, mais dans quel but ?

Pas de doute, elle allait le tuer...

À quoi joues-tu ?

Bo grimaça en recevant le message d'Ollie sur son téléphone portable. Malgré la distance qui les séparait, il percevait sa colère comme si elle s'était trouvée près de lui. Lui parler risquait de s'avérer difficile.

À bord du taxi qui le conduisait au cabinet comptable de ses parents situé à Wimbledon, Bo réfléchissait à sa future rencontre avec Ollie. Il ne se sentait pas au mieux de sa forme. Il n'avait pas pris soin de bien s'alimenter ces derniers temps et avait très peu dormi également. Malgré la fatigue qui le terrassait, il avait consacré le plus de temps possible à son petit garçon, mais très peu à son travail. L'image d'Ollie l'obsédait. Il pensait à elle jour et nuit, se demandait ce qu'elle devenait, s'il lui manquait.

Helen accomplissait un travail de très grande qualité auprès de Mat, mais elle n'était pas Ollie. La maison n'était plus remplie de ses rires, de son parfum si enivrant. Ne plus se réveiller le matin à son côté lui manquait terriblement. Les étreintes passionnées qu'ils échangeaient aussi. Il trouvait la vie bien fade depuis son départ.

Le manque lui infligeait une douleur insupportable. C'était inédit pour lui, car jamais il n'avait ressenti pareille frustration.

Certes, il le méritait amplement.

Au cours des dernières semaines, certaines évidences lui étaient apparues. Alors qu'il pensait ressembler en partie à sa mère qui ne se souciait que de ses affaires, il avait développé un sens aigu de la famille, contrairement à elle. Rien ne comptait autant que le bien-être de son petit garçon. Bo pensait également avoir hérité des travers de son père, homme volage qui accumulait les aventures sans lendemain. S'il avait longtemps suivi son exemple, il avait cessé de le faire après sa rencontre avec Ollie avec qui il avait partagé une entente fantastique, sur tous les plans.

À son arrivée, c'était comme si sa vie s'était illuminée, mais son départ l'avait plongée dans une obscurité insoutenable.

Il en avait assez d'errer sans but, de la tristesse qui l'étreignait, de sa solitude. S'il devait épouser Ollie pour la garder près de lui, il s'y résoudrait. Il consentirait à toutes ses exigences pour partager sa vie à nouveau.

Ma fille vous en veut beaucoup.

Bo ébaucha une grimace à la lecture du message envoyé par Paul, le père d'Ollie, l'homme qu'il espérait voir devenir prochainement son beau-père. Il ne l'avait pas encore rencontré mais avait sollicité un appel vidéo pour lui demander la main d'Ollie. Paul s'était montré extrêmement clair : si Bo s'avisait de blesser à nouveau sa fille, il aurait affaire à lui. Il enterrerait son corps si profond que même Satan ne parviendrait jamais à le retrouver.

Bo l'avait cru sur parole.

Quand la voiture se rapprocha de l'immeuble Cooper & Co, Bo demanda à son chauffeur de se garer à distance, puis s'extirpa du véhicule. Il en claqua la portière et s'y adossa en croisant les bras. Ce fut le moment que choisit Ollie pour se précipiter dans la cour, le regard noir. La fureur qu'elle ressentait ne laissait planer aucun doute. Au lieu de s'approcher de l'endroit où Bo se tenait, elle préféra l'appeler sur son téléphone portable.

— Olivia...

— Il n'y a plus de Olivia, rugit-elle. De quel droit as-tu contacté mon père pour lui remettre un bonus à mon intention ? Mes parents n'attendent pas de moi que je leur rembourse mes frais de scolarité, et je peux racheter des parts dans la société de Sabine sans l'aide de quiconque.

— Considère qu'il s'agit d'un cadeau de mariage.

— Pour qui te prends-tu ? poursuivit Ollie. Et qu'entends-tu par cadeau de mariage ? Bon sang, je n'en reviens pas de me battre avec toi au téléphone !

— Tu peux, si tu le souhaites, te battre avec moi en direct.

Ollie regarda longuement dans sa direction, puis capitula.

— Très bien, mais pas ici. Je te retrouverai dans vingt minutes à l'entrée du parc Cannizaro.

— Pourquoi ne pas y aller ensemble en voiture ?

— Parce que j'ai besoin de ces vingt minutes pour me calmer.

Très bien, songea Bo, voilà qui était mieux que rien. Ollie acceptait de lui parler.

Tandis qu'elle remontait le long mur en brique qui menait au jardin italien, Ollie ne parvenait pas à détacher son regard de l'homme qui l'attendait un peu plus loin. Comment pouvait-on dégager autant de séduction en portant un simple pantalon brun en toile et un polo blanc ?

Alors qu'elle se reprochait de lui, elle s'interrogea soudain sur l'absence de Mat.

Comme s'il avait compris la question muette qu'elle se posait, il expliqua :

— Helen, Mat et moi avons réservé une suite à l'hôtel Brown ce matin.

Alors qu'elle le rejoignait, il lui tendit une bouteille d'eau qu'elle accepta volontiers tant elle avait soif. Après l'avoir vidée à moitié, elle demanda :

— Mat va bien ?

— Oui. Moi, en revanche, je suis une épave.

Ollie n'en croyait pas un mot. Avec ses vêtements fraîchement repassés, ses lunettes de soleil de grande marque, il ressemblait à une gravure de mode. Toutefois, quand il fit glisser sa monture sur le haut de son crâne, elle dut admettre qu'en effet il ne paraissait pas au mieux de sa forme. Des cernes noirs s'étaient formés sous ses yeux, et il avait le teint blafard. Peut-être son départ l'avait-il un peu affecté, finalement…

Que devait-elle penser de la remarque qu'il lui avait faite un peu plus tôt ? Qu'est-ce qui lui avait pris de parler de cadeau de mariage ?

— Que fais-tu à Londres, Bo ? Et pourquoi m'avoir offert une telle prime ? Tu m'avais déjà attribué un bonus généreux quand j'ai quitté Copenhague.

— Pour ce qui concerne ton père, rassure-toi, il me retournera cet argent si tu n'en veux vraiment pas.

Comme il s'approchait d'elle, elle retint sa respiration. Sa proximité la rendait nerveuse, et elle sentait son cœur s'emballer.

— Peux-tu me laisser un peu d'espace ? demanda-t-elle d'une voix tremblante.

Il lui sourit.

— Ce parc est immense, Ol. Si tu veux un peu d'espace, il te suffit de reculer d'un pas.

Hélas, Ollie ne pouvait ébaucher le moindre geste. Ses pieds semblaient rivés au sol. Et soudain, incapable de résister à la tentation, elle posa les mains sur le torse de cet homme qu'elle aimait à la folie et posa les lèvres sur les siennes.

Bo prit son visage en coupe pour approfondir leur baiser.

— Tu m'as terriblement manqué, murmura-t-il quand leurs lèvres se détachèrent. Je t'en supplie, Ol, ne me quitte plus jamais.

Au prix d'un effort surhumain, Ollie s'écarta de lui.

— C'est impossible, Bo.

— Olivia, pourquoi suis-je venu te retrouver, à ton avis ?

— Parce que tu souhaites que je te suive à Copenhague ? Pour m'occuper de Mat et aussi pour réchauffer ton lit ?

Il l'attira à nouveau dans ses bras pour déposer un baiser sur son front.

— Désolé, mais je n'ai pas l'intention de licencier Helen pour toi. Elle est formidable.

— Je ne sais vraiment pas ce que tu attends de moi, alors.

— Et moi, j'ai beaucoup de mal à exprimer ce que je ressens, parce que je n'ai jamais déclaré mon amour à une femme. Je ne sais pas comment lui dire qu'elle compte plus que tout à mes yeux, que je ne peux pas vivre sans elle. Que je ne suis plus qu'une coquille vide depuis son départ.

Les yeux d'Ollie s'illuminèrent.

— Il te suffit de lui dire ces mots-là, Bo.

— Je t'aime tant, Olivia. Aimer à ce point me terrifie, mais je préfère vivre dans la terreur plutôt que me passer de toi.

— Je t'aime aussi, Bo.

— Embrasse-moi. Tu m'as tellement manqué...

— Attends... Avant cela, nous devons parler.

Bien qu'un peu frustré, Bo hocha la tête et passa un bras

autour de ses épaules pour la conduire jusqu'à un banc à l'ombre d'un grand chêne.

Lorsqu'ils furent assis côte à côte, Ollie plongea son regard dans celui de l'homme qui venait de lui déclarer sa flamme.

— Étais-tu sincère tout à l'heure en me proposant de t'épouser ? En disant que l'argent envoyé à mon père était un cadeau de mariage ?

— Oui. Je lui ai même demandé ta main.

— Mais... tu ne crois pas au mariage.

— J'y crois seulement avec toi. Et je veux des enfants de toi et fêter tous nos anniversaires de mariage, jusqu'au cinquantième ! Tu sais à quel point je suis déterminé quand je désire quelque chose.

Ollie garda un instant le silence. Les propos de Bo lui allaient droit au cœur, mais il restait un point crucial à régler.

— Je ne peux pas me contenter d'une vie d'épouse et de mère de famille, Bo. J'ai besoin de travailler, de m'accomplir sur le plan professionnel.

— Bien sûr, Olivia, et je le comprends parfaitement. C'est la raison pour laquelle je ne souhaite pas le départ d'Helen. Quand tu es partie, j'ai compris l'erreur que je commettais en te demandant de te consacrer à notre famille. Moi-même, je serais incapable d'abandonner mon travail.

Il se tut un instant avant de poursuivre :

— La négligence dont j'ai été victime, enfant, me brouillait les idées. Je craignais qu'en travaillant tu finisses par me faire souffrir. Mais tu ne ressembles absolument pas à la femme qui m'a mis au monde. Je suis désolé de m'être autant trompé. Tes rêves et aspirations sont légitimes et comptent tout autant que les miens. Et si tu veux diriger une agence, tu auras tout mon soutien.

Ollie buvait les paroles qu'elle entendait. Elle se sentait comme sur un petit nuage de béatitude. Mais la suite la surprit plus encore.

— Quant à moi, reprit Bo, je suis prêt à prendre un peu de distance avec mon travail. Je peux déléguer de nombreuses tâches à mes cadres pour passer plus de temps à la maison. Et si tu dois t'installer à Paris, Mat et moi te rejoindrons tous les week-ends. J'accepterai n'importe quelle condition pour te garder dans ma vie, Ol.

Elle lui adressa un sourire ému.

— Il faudra sans doute que je séjourne parfois à Paris, Bo, surtout au début, mais pas de manière permanente. Il me sera possible de gérer la plupart de mes missions à distance. La pandémie nous a prouvé que c'était possible.

— Ah ? Alors, tout ce dont tu auras besoin, c'est d'un bureau ?

La joie qui brillait dans les yeux de Bo la ravit.

— Penses-tu pouvoir m'offrir un espace de travail dans ta petite maison ? Tu sais, celle qui compte quatre chambres d'amis et un appartement tout confort au-dessus du garage et qui se trouve au vert tout en étant à proximité immédiate de Copenhague ?

— Je t'attribuerais volontiers la pièce la plus proche de notre chambre. Tu pourrais y travailler toute nue...

— Ah non, il n'en est pas question, Sorenson !

Ils éclatèrent de rire puis s'étreignirent longuement.

— Allons-nous vraiment nous marier, Bo ? demanda Ollie en sondant son regard.

— Bien sûr. Je suis désolé de ne pas avoir emporté de bague avec moi, mais je n'étais pas sûr de parvenir à te convaincre.

— Allons donc ! En me proposant de t'épouser, en me

permettant de m'accomplir professionnellement et en m'offrant ton cœur et ton amour ?

— Et mon fils, Ollie. Acceptes-tu de devenir sa maman et de rester avec nous pour toujours ?

— Oui, pour toujours… je dirais même mieux : pour l'éternité.